VIVA VOCE

Clio Evans Lele Spedicato

DESTINI
Due cuori e la vita che vince

MONDADORI

mondadori.it

Destini
di Clio Evans e Lele Spedicato
Collezione Vivavoce

ISBN 978-88-04-75391-9

© 2022 Mondadori Libri S.p.A., Milano
I edizione agosto 2022

Indice

- 11   1 Big Bang
- 14   2 Rapido identikit
- 19   3 "Andare sieme"
- 25   4 Terminal 3
- 31   5 Mingazzini
- 36   6 Friends
- 40   7 Odissea
- 46   8 Origini
- 50   9 Come ti chiami?
- 57   10 Giovinezza: qui e ora
- 60   11 Creare
- 63   12 Game over
- 67   13 The dream
- 72   14 La quarta dimensione
- 78   15 Maternità "altrui"
- 82   16 Malasanità
- 86   17 La chiamata
- 90   18 Giorno X
- 94   19 Nightmare
- 98   20 La rinascita

101	21	Cortocircuito
105	22	Intanto…
109	23	*Abortus, -ūs*, der. di *aboriri* "perire"
115	24	Trauma
119	25	Ho smesso di avere paura
124	26	La vita
130	27	La psiche
135	28	L'ironia della vita
143	29	Si ricomincia da capo
150	30	L'incubatrice
165	31	Amore, ecco l'aldilà
169	32	Tra sogno e realtà
174	33	I primi passi
180	34	La nascita
184	35	Il volo
189		*Conclusioni*
193		*Ringraziamenti*

Destini

A te,
figlio mio.
Avevi esattamente due mesi e undici giorni
quando accadde quello che pensavo non sarebbe accaduto mai.
Ci guardammo così intensamente che percepii il senso della vita.
Ti amai. Piansi.
In un rapidissimo istante toccai l'universo d'amore
che lega una madre al proprio figlio.
Vidi nei tuoi occhi grandi e assetati
l'innocenza, me stessa, il sorpasso e l'abbandono.
Prima o poi avrei dovuto lasciarti andare.

*A te,
figlia mia.
Che come un sigillo prezioso
vieni per chiudere un cerchio
e dare nuova linfa vitale
alla nostra famiglia.*

1
Big Bang

Roma, 4 settembre 2003, ore 2.30

«Uno… uno… otto.»
«Centodiciotto, ambulanza, pronto.»
«P-pronto?»
«È il centodiciotto, dica.»
«Salve… ehm… non mi sento molto bene…»
«Pronto? Non si sente… signora?»
«Sì… pronto… non mi sento bene.»
«No, non la sento. Che succede?»
«Sì… ecco…»
«SIGNORA, DEVE ALZARE LA VOCE!»
«Non mi sento bene… scusi…»
«NON SI PREOCCUPI, ALZI LA VOCE, PERÒ!»
«Sì… mi potete portare in ospedale?»
«CHE COS'HA, SIGNORA?»
«Ho mal di testa…»
«Mal di testa… di che tipo?»
«Mi fa male la testa… tanto.»
«È caduta?»
«No.»
«Ha sbattuto?»
«No, mi fa male e basta.»
«Mi spieghi cos'è successo.»

«Niente... cioè... non lo so.»
«Può essere più precisa? Che vuol dire "non lo so"?»
«Non so cos'ho.»
«Ha delle fitte?»
«No.»
«Un dolore continuo?»
«Sì... continuo.»
«Dove esattamente?»
«Tutta... tutta la testa... più a destra, davanti... sembra scoppiare.»
«Da quanto tempo?»
«Nonlosotipodiecigiorni. Madacinquenonriesconemmenopiùamangiareperchévomito... aaah... oggi ho preso sei Aulin... noncelafacciopiù.»
«Da dove sta chiamando?»
«Casa mia... a Roma, via Cortina d'Ampezzo...»
«Siete in due?»
«Come?»
«C'È QUALCUNO INSIEME A LEI? HO SENTITO UNA VOCE.»
«... la mia tata.»
«È una parente?»
«Sì, praticamente sì.»
«Mi ripete l'indirizzo?»
«Via Cortina d'Ampezzo 60, Roma.»
«Va bene, allora cerchi di stare tranquilla, le mandiamo un'ambulanza. Il tempo di arrivare...»

«Perché mi fa così male? Gesù, ti prego, perdonami. Abbi pietà di me. Cos'ho fatto? Perché... perché? Ti prego, aiutami, perdonami.» Continuò a piangere e piangere dopo aver chiuso la telefonata.

Povera ragazza, non sapeva cosa l'aspettava! In quel momento un bacillo di vecchiaia s'insinuò nella sua vita per non lasciarla mai più. Clio si asciugò per l'ennesima volta le guance bagnate. Premette talmente tanto sulle

palpebre che i lati degli occhi si allungarono di un centimetro.
Nelle ultime due ore li aveva aperti sì e no tre volte.
Per vedere l'ora. Per prendere il cellulare. Per digitare uno, uno, otto.

2

Rapido identikit

Roma, agosto 2003

C'era una volta una ragazza che si chiamava Clio e che aveva appena ventun anni.
All'epoca non aveva ancora capito niente della vita.
Portava sempre con sé una cospicua dose di spavalderia, arroganza e ostentata sicurezza, tipica dei giovani che ancora non sanno.
Nelle ultime due settimane da castano scuro naturale si era tinta i capelli color rame e poi nero corvino. Con l'abbronzatura il verde degli occhi spiccava ancora di più. Pensava che l'anima risiedesse in un tempio da decorare: spesso lo trascurava, ma di tanto in tanto si copriva di fanghi anticellulite, balsami tricologici e maschere illuminanti per pelli miste. Gli elementi sparsi sull'ovale del viso erano proporzionati: labbra normali, denti bianchi dritti e gengive rosa pallido. Il mento era un po' pronunciato ma non dava fastidio, se visto nell'insieme. Si piaceva abbastanza e cercava di apprezzare anche i suoi difetti. Ben presto aveva imposto a se stessa che ogni tratto, bello o brutto, dovesse essere unico e caratteristico. E così aveva trovato un senso ai piedi piatti, alle caviglie robuste e ai fianchi larghi che si ritrovava.
Era la tipica ragazza che quando qualcuno le parlava ave-

va l'aria di essere distratta, dando l'impressione di guardare altrove. Perché in effetti guardava altrove. L'apparato visivo era totalmente scisso da quello uditivo. Quindi poteva ascoltare qualcuno e guardare qualcun altro, senza perdere la concentrazione. Non le sfuggiva niente, esaminava tutto.

Quello che le passava negli occhi era ciò che le rimaneva più impresso. Diceva sempre che aveva una memoria "per immagini". Restava incantata a guardare persone, cose, animali, soprattutto insetti, anche i più piccoli. Scorgeva qualsiasi cosa su pavimenti, armadi e lavandini. A ogni mossa che faceva, anche la più rapida, prendeva tempo per osservare. Prima di tirare lo sciacquone, per esempio, si trovava spesso china con un pezzetto di carta igienica a raccogliere l'insetto caduto nell'acqua. Oppure si attardava a raccattare minuscoli esseri nella vasca da bagno. Prima di riempirla faceva bene attenzione a soccorrerli, ma poteva capitare che nel salvataggio spappolasse un'ala o una zampetta, compromettendo il resto della loro vita. E allora vai con orripilanti sensi di colpa! Una semplice passeggiata diventava un percorso a ostacoli per non calpestare le bestioline. E restava sempre sgomenta quando la madre con un panno sterminava intere famiglie di formiche.

Poteva tranquillamente accadere che mentre qualcuno stesse dicendo qualcosa, anche di importante, all'improvviso lei guardasse oltre le sue spalle e dicesse: «Oh, Dio! Guarda quant'è grossa quella lumaca!».

Con passo lungo sorpassava l'interlocutore e andava a chinarsi sull'animaletto per guardarlo da vicino. Il tipo rimaneva là con le parole incastrate in bocca ad assaporare il gusto noioso dei suoi stessi pensieri. E per un attimo contemplava quella bambina un po' cresciuta accovacciata. Quando aveva trovato ciò che cercava, serena, tornava alla realtà come nulla fosse.

«Che stavi dicendo?» domandava a quel punto.

Allora bisognava ingegnarsi per far sì che il filo del discorso terminasse con un'esca abbastanza grossa da non farla sfuggire di nuovo. Non era mancanza di rispetto, era solo una grande e confusa attenzione verso tutto. O quasi. Solo le piante, che manifestavano poca attività vitale, non destavano troppo la sua curiosità.

Quando era in aeroporto prima di fare il check-in diventava un bimbo al luna park. Le capitava spesso, perché a febbraio di ogni anno faceva viaggi intercontinentali grazie al lavoro dei genitori, entrambi impiegati nel settore delle compagnie aeree. Il suo primo volo fu a due mesi verso l'Argentina per andare a trovare gli zii, naturalmente fece il viaggio nella zona non fumatori, che in genere si trovava nella parte anteriore dell'aereo.

In aeroporto, anziché dare un'occhiata ai negozi, si soffermava sul doppio mento del portoricano che le camminava davanti e sui rotoli della pancia della fidanzata non troppo alta. E sull'andatura molle che avevano. Notava che a ogni passo la ciccia faceva viscide ondulazioni sotto i vestiti.

"Ma come si fa a indossare una magliettina stretta e sexy con tutta quella panza?" pensava. E da lì cominciava a fantasticare sulle abitudini alimentari dei due soggetti. E si sorprendeva. Da sola decideva senza esitazione che i loro pasti erano sicuramente a base di panini al burro e roba gialla, tutti i giorni. Anche a colazione. E non si capacitava di come potessero essere privi di educazione alimentare. Come se chi vivesse in un modo diverso dal suo stesse sbagliando qualcosa. Era lei il canone universale. Era lei il modello da seguire. Predicava bene ma razzolava piuttosto male, perché era dal liceo che aveva iniziato a fumare e a fare grosse abbuffate di cibo.

Tre minuti le bastavano per crearsi in testa un rapido identikit della persona che in quel momento le stava di fianco.

Quel giorno per strada incrociò una signora dai capelli biondi e corti, la ventiquattrore e i mocassini blu, che buttava in continuazione lo sguardo sull'orologio. Andando avanti e indietro di fronte al tabaccaio. Le calze velate nascondevano i capillari scoppiati e le rughe le pettinavano il viso, con qualche nodo in mezzo alle sopracciglia. Doveva essere divorziata e non faceva sesso da almeno quattro anni. Lanciava occhiatacce a ogni bella ragazza che le passava vicino. Aveva addosso un profumo forte, probabilmente un'antica acqua di Colonia. Clio immaginava, come se fosse reale, il gesto automatico e violento con cui la donna si lanciava il liquido profumato sulla vagina e poi su tutto il corpo.

Un attimo dopo, costeggiando delle vetrate, notava quello che prima era un signore e che ora ai suoi occhi si era trasformato in un'opera di Botero, in uno stato di preoccupante obesità. Capelli unti e calzoni vecchi marrone scuro. La barba lunga e ingiallita, rossa intorno alla bocca. La schiena curva in avanti per il troppo peso, con indosso una giacca per nascondersi nonostante il caldo. Come un disegno sfumato qua e là dalla gomma pane, le pareva sbiadito, senza contorni. Solo, con i suoi demoni.

"Che tristezza, ridursi così. Com'è possibile? Chi era prima di diventare quello che è ora? Da dove viene? Come ha superato il limite? Quando è successo?" si chiedeva fra sé e sé.

E sempre, sempre rifletteva per un momento su ciò che avrebbe fatto lei se si fosse trovata al posto di quella persona...

Dopo aver messo a fuoco i soggetti che le capitavano sotto tiro, si immaginava le loro case, gli armadi, tutte le schifezze che conservavano. Adorava guardare la gente. Era meglio del cinema.

Piloni e piloni di roba ammassata, conservata e dimenticata. Polvere, capelli, peli. Cianfrusaglie accumulate con l'illusione di tenersi ancorati a un passato che non sarebbe più tornato, o preparati per un futuro che invece avrebbe tardato ad arrivare. Mentre il presente, ancora fra le mani, scivolava via appena cristallizzato. E così le occasioni passavano a qualcun altro e all'improvviso si era vecchi.

Infine, non mancava mai il pensiero scabroso sul fatto che tutte quelle persone cagassero. Clio concepiva in una vignetta il portoricano seduto sulla tazza del cesso ingiallita con la tavoletta di plastica crepata, che pizzica la coscia. Rappresentava nella sua testa l'immagine esatta della signora bionda che ogni mattina cagava con "La Settimana Enigmistica". E l'uomo con l'indice di massa corporea sopra la media a testare la fragilità di una povera tazza. In genere guardava l'avambraccio del soggetto e ipotizzava più o meno uno stronzo della stessa lunghezza uscirgli dal buco del culo, un po' come si fa per calcolare la misura dei piedi. "Chissà quanta cacca fanno" pensava. "Galleggiamo sulla merda." Contemplava disgustata la folla e in un attimo tutti erano con le brache calate. Così. In piedi ma nudi dalla vita in giù.

Forse era feticismo, forse era un disperato bisogno di equilibrio.

3
"Andare sieme"

Roma, 4 settembre 2003, ore 2.40

«Nanda!»
«Móre?» rispose prontissima.
Registrata in una dismessa anagrafe di quello che un tempo era chiamato Ceylon come Munamalpe Paranavithanage Nandawathie, per tutti era semplicemente Nanda.

Era quella parte di divino che bisognerebbe avere nella vita. Una giovane donna originaria dello Sri Lanka, che ha lasciato il villaggio natale con il solo obiettivo di riscattare la famiglia povera. Lì aveva sette fratelli e, con nipoti, zii e genitori, saranno stati una trentina di persone, senza contare quelli che sono arrivati con il tempo. E così piano piano sono passati quarant'anni in terra straniera e di obiettivo se n'è aggiunto un altro, forse anche più importante: proteggere e salvare Clio. Da che cosa non si sa esattamente. Forse da tutto e forse anche da se stessa.

Nanda era arrivata a casa come baby-sitter/governante e aveva preso in braccio Clio per la prima volta quando la bimba aveva solo quattro giorni.

Ogni domenica andava al tempio buddhista. Ritornava con braccialetti, acqua benedetta e fiorellini, che metteva con devozione davanti al piccolo Buddha che teneva su un altarino arrangiato in un angolo della casa. Davanti all'asceta metteva come offerta un bicchierino di vetro sempre pieno d'acqua fino all'orlo. Clio, di fede cristiana, adorava la forza spirituale di quel gesto simbolico.

Ogni giorno Nanda cucinava pranzo e cena per chiunque fosse nei paraggi. Ogni notte rimaneva da sola nel letto, senza un abbraccio. Senza il calore di un compagno. Senza un broncio con cui battibeccare. Sola ad aspettare di svegliarsi il giorno dopo per darsi da fare. Quella era una cosa che Clio aveva difficoltà a concepire.

Ti svegli, mangi, lavori, dormi. Ti svegli, mangi, lavori, dormi. Ti svegli, mangi, lavori, dormi. Sembrava tremendamente facile per lei.

Non era una grande chiacchierona: quando apriva bocca, ogni due frasi, sparava una risata squillante. Soprattutto al telefono, mentre parlava in cingalese, la sua lingua d'origine. Con qualche picco acuto mai fastidioso, solo curioso. Proprio come se la risata a trombetta fosse un intercalare. Tante vibrazioni positive nei metri quadri che la circondavano. Ci teneva fosse ben chiaro che provenisse dallo Sri Lanka e non dall'India. Lo rimarcava di continuo.

Era una fortuna averla vicino, lo dicevano tutti. Emanava pace e pazienza. In una vita intera avrà alzato la voce in tre circostanze al massimo: quando un fratello le chiese altri soldi nonostante quelli che gli mandava da una vita e che continuavano a mandargli anche i due figli dall'Australia; quando un genero parve trascurare la moglie per dedicarsi ad alcol e fumo; quando Clio si arrabbiò con il mondo e lei la sgridò lestamente perché arrabbiarsi fa male, o meglio: «No bono rabbiare. Quando rabbiare subito venire vecchietta».

Per ammazzare il tempo quella sera Clio le aveva chiesto di parlarle delle sue origini e, dopo aver preso un respiro, Nanda aveva cominciato a raccontare che era nata a Ellaellagoda (come diceva lei), che la mamma si chiamava Nonhàmi e il papà Signohàppuami. Erano poveri e lei non era andata a scuola (così come non erano andati a scuola altri tre dei suoi fratelli). Da sola aveva provato a leggere e scrivere, e qualcosa aveva imparato. Quand'era bambina se ne stava davanti a casa a giocare con le noci di cocco e con le scimmie sugli alberi. Quand'era ragazza, invece, andava nelle piantagioni di tè a raccogliere foglie in cambio di pochissime rupie. E doveva farlo perché la mamma, oltre a occuparsi dei figli, ogni tanto andava sì a pulire le case altrui, ma il padre purtroppo aveva il vizio del gioco, quindi quello che guadagnava mungendo mucche non bastava a sfamare tutti.

Un'amica di famiglia che lavorava in una struttura internazionale di Colombo, l'allora capitale dello Sri Lanka, un giorno aveva avuto bisogno di qualcuno da portare con sé in Italia per aiutarla nei lavori domestici in una famiglia. Nanda si era lanciata ed era andata a Roma con questa signora, che si era occupata del visto e del viaggio.

Aveva iniziato subito a lavorare con costanza e dedizione. Aveva scoperto che in cambio di mano d'opera si guadagnavano soldi veri, che toccava con mano. Per chi arriva dalla miseria pura, la fame è così tanta che è difficile fermarsi. Ancora, non soddisfatta, attraverso un'altra amica finalmente era approdata alla famiglia di Clio: era stato amore a prima vista. Non aveva più lasciato né Clio né il fratello, tanto da rifiutare persino un paio di fidanzamenti pur di restare con loro. Quel viaggio oltreoceano di sola andata era stata la salvezza sua e di tanta altra gente.

Sempre quella sera, visto che gli Aulin come anestetici coprivano i sintomi ma solo per un breve tempo, Clio aveva smesso di alzarsi dal letto e aveva cominciato anche a vomitare, mentre Nanda insisteva a spalmarle balsamo di tigre sulla fronte, convinta così di farla guarire.

La testa le stava letteralmente scoppiando. Com'era possibile che una cosa così straziante si potesse manifestare tanto velocemente? La storia che le aveva raccontato Nanda era bella ma non era bastata a lenire il dolore. Erano trascorse due ore e dopo l'ennesima vomitata e un pianto disperato a domandarsi perché proprio lei, cosa avesse fatto di sbagliato, aveva deciso di prendere il telefono e digitare uno, uno, otto.

«Móre mi aiuti?» le chiese in quel momento.
Nanda aveva capito la gravità della situazione. Ad appesantire l'atmosfera però c'era il senso di apprensione e protezione. Aveva gli occhi sbarrati, la voce usciva a intermittenza. Dopo ogni emissione immagazzinava più fiato possibile, come se stesse continuamente per immergersi in una battuta di pesca subacquea. Sembrava stesse per impazzire eppure rimaneva integra. Recitava egregiamente il ruolo del comandante della nave che fino all'ultimo resta in poppa, coraggioso e sicuro di sé. Nanda era lì, nel suo metro e cinquantotto di altezza, attaccata a lei, pronta a sorreggerla qualora fosse caduta, con il rischio di incrinarsi qualche costola visto che Clio era ben più alta e robusta.

«Peppaóre... prendi uno borsa... andare sieme ospedale» disse lentamente e a bassa voce Clio. Quando era con Nanda non parlava mai in italiano corretto ma in nandese.

«Dubbene. Io metti pigiama mutande uno maglietta anche pantòppole» rispose Nanda con ansia.

In genere non si pensa a una borsa quando si va al pronto soccorso, ma qualcosa suggeriva che non sarebbe stata una toccata e fuga: un paio di giorni prima, infatti, Clio era già andata a farsi visitare in un ospedale vicino e, avendo riferito di aver vomitato, dopo qualche battuta del tipo: "Bevete troppi prosecchi e mangiate troppe pizzette, voi giovani!", si era sentita diagnosticare una semplice gastroenterite ed era stata rimandata a casa. Che avesse fatto gli accertamenti in sedia a rotelle perché aveva difficoltà a stare in piedi non aveva indotto alcun medico a formulare un'altra diagnosi o a investigare oltre.

Da quel momento comprese l'importanza fondamentale di cercare sempre un secondo parere.

«Dubbene móre... andiamo... noi aspettare sotto» disse dopo una lunga pausa.

La messa a fuoco acuiva il dolore. Clio teneva la testa china verso il basso e aveva lo sguardo ripiegato su di sé per tenere a bada quella sofferenza atroce. A ogni modo riusciva a percepire la figura di Nanda correre da una parte all'altra della casa. Le pareva per la prima volta smarrita. Nella borsa color crema aveva messo anche spazzolino, dentifricio, asciugamano e caricatore del cellulare.

Clio rimase dieci lunghi minuti seduta sul letto a tentare di fermare il cervello che stava per esplodere. Come un pallone da calcio che si gonfia man mano fino a scoppiare. Con i pugni affossati nel vecchio materasso sperava di ammortizzare il dolore lancinante. Poi, premendo le mani sulle cosce, si alzò piano e attraversò le due camere. Gli occhi erano impercettibilmente aperti e il corpo nonostante la perdita recente di tre chili, sembrava pesarne cento. Faceva uno strano effetto vedere una ragazza piena di muscoli e capelli, senza cellulite né rughe muoversi con tanta fatica.

Le due donne uscirono di casa. Era un tiepido settembre. La temperatura oscillava fra i diciassette e i ventidue gradi ma i muri del pianerottolo che urtavano le mani di Clio erano freddi. Così come l'ascensore a contatto del lembo di coscia e della schiena. Ghiacciato. Indossava una minigonna a fiori bianchi e blu e una canottiera nera. Stava andando incontro alla salvezza senza aspettare la chiamata. Le pareva di accorciare le distanze. I trenta metri dal portone di vetro della palazzina A sino al cancello esterno parvero l'uscita dal regno dei morti. Oscurità, nebbia, silenzio tombale e respiro pesante nelle orecchie. Quella volta Euridice era davanti a farle strada.

Nanda aprì la porta bianca piena di ammaccature. Una breve pausa prima di varcare la soglia e furono fuori.

«Ancora no arrivata» avvisò la donna cingalese sempre più preoccupata.

«Dubbene... aspettiamo qui.»

Silenzio.

Nanda guardava davanti a sé, poi dentro la borsa, poi di nuovo davanti a sé e ancora giù nella tracolla: fazzoletti usati, briciole, pezzetti di carta, due penne, un mazzo di chiavi, delle mollette con capelli neri attaccati, un cellulare modello Preistoria e un'agendina frantumata. Muoveva la mano a casaccio, come a prendere il numero fortunato della lotteria di Natale, ma un attimo dopo già aveva dimenticato il perché di quel gesto. Faceva solo finta che andasse tutto bene e che presto le cose sarebbero tornate come prima. Sentiva tutta la responsabilità addosso perché c'era solo lei a fare le veci della "piccola bambina". I genitori erano in Grecia e doveva ancora avvisarli.

Clio aveva le gambe leggermente piegate e vicino al ginocchio sinistro si poteva intravedere un leggero tremore. Non poteva occuparsi anche dello stato d'animo di quella santa donna. Terrorizzata o serena poco importava. Stava lì e questo le bastava.

Erano circa le tre del mattino del 4 settembre e la strada era completamente deserta. Né un motorino né una macchina passarono durante quell'attesa. La pensilina del cancello aveva le lastre in policarbonato illuminate dal lampione di fronte. Quindi anche se era notte c'era abbastanza luce. Gialla.

Per cinque minuti le due donne non dissero nulla. Una pensava a come espiare le proprie colpe e a quale sacrificio ricorrere per cambiare la situazione. L'altra invece contava banalmente i secondi a uno a uno, come si fa alla prima lezione di matematica. Mascelle serrate, occhi chiusi, pugni stretti.

All'improvviso si fece largo un suono che negli anni successivi sarebbe diventato la colonna sonora della vita di Clio. Da quel momento in poi ogni volta che lo avesse sentito – in giro con le amiche, in autobus verso un appuntamento, seduta in riva al mare – avrebbe chiuso gli occhi e ricordato... e infine sussurrato: «Grazie, Padre, per il Tuo aiuto».

Era la sirena dell'ambulanza.

4
Terminal 3

Roma, 21 agosto 2003

Il volo per Atene partiva all'una e mezzo. Le quattro amiche erano passate a prenderla col taxi grande alle dieci – «Per avere il tempo di comprare qualcosa al duty free» aveva detto Francesca, che non pensava mai prima di aprire bocca. Erano tre anni ormai che ogni estate andavano una quindicina di giorni in vacanza tutte insieme.

«Regà 'sta botta ci dobbiamo divertire sul serio» esordì Clio.

«Sì, ce tajamo!» rispose Sofia.

«Non come l'anno scorso...»

«Non vedo l'ora! Ragazze, io ho portato i preservativi alla fragola!» la interruppe Francesca ridendo.

«Io voglio fare chiodo schiaccia chiodo e togliermi dalla testa quello stronzo di Mattia. Una volta per tutte. Non me ne frega niente» dichiarò Clio.

«Chiodo schiaccia chiodo *forever*!» esultò Francesca.

«Appena arriviamo ci facciamo un cannone enorme.»

«Ma perché, c'hai il fumo?» chiese Martina.

«Certo, che te credi, a bella. Sto a pettinà le bambole?»

«Ma dove l'hai messo? Se ci beccano? Te sei pazza!» commentò Anna.

«'Nte preoccupà... ce penso io. Fidateve de me e basta. Eddaje!»

La storia con Mattia era la più lunga che aveva avuto. Trentasei mesi di passione ardente, litigate furibonde e prendi e lascia. Lui era di tredici anni più grande. Quando ne aveva ventidue diventò padre, ma il matrimonio durò appena sei mesi. E la sua bambina, Emilia, era tutto ciò che di più bello aveva al mondo. Era un tipo aggressivo, prima di tutto a parole, ma poteva anche capitare che la rabbia sfociasse in qualche gesto violento.

Ne ebbe la conferma una settimana prima del viaggio. Si videro per mettere un punto alla relazione ma, appena partiti in macchina, Mattia cominciò una sorta d'interrogatorio pieno d'insinuazioni. Sì fermò a un baretto con la scusa che aveva sete. Diceva di aver esagerato, ma bastò il tempo di finire il cocktail che ricominciò con strane storie ma così strane che alla fine Clio si guardò le quattro dita lunghe e gli diede uno schiaffetto simbolico per zittirlo. Non lo avesse mai fatto! Senza pensarci un secondo, di tutta risposta le mollò un ceffone a mano aperta: lei vide le stelle e sentì un ronzio nell'orecchio per qualche minuto. Un pazzo. Una sberla allucinante. Clio alzò i tacchi e, inciampando nella sedia, se ne andò. Basta. Quel che è troppo è troppo.

«Vieni qua!» le urlò.

«Levati dal cazzo» rispose furiosa.

«Dai, scusa, non volevo...» aveva risposto lui tentando di afferrarla. «Non volevo, ma te me provochi.»

Clio sgattaiolò via e attraversò la strada. Voleva vendicarsi, fargli male anche lei. Cercò nell'armamentario la cosa più devastante che aveva. Quando arrivò a tiro gli sputò addosso.

Nemmeno un secondo e lui le risputò in faccia. Non era un uomo, era un ammasso di orgoglio con braccia e gambe. Poi prese a insultarla e le saltò addosso. Le cadde sopra con tutto il peso, tappandole naso e bocca con le mani mentre con la bava diceva cose oscene. Era evidentemente ubriaco. Il succo era che non avrebbe mai dovuto osare tanto e che l'avrebbe pagata cara. Lo guardava orripilata cercando di liberarsi perché non stava respirando. Assurdo. Sarebbe morta soffocata? Non riusciva proprio a divincolarsi. Guardò a destra e vide Christian, un amico di Mattia. Era lì in piedi. Clio era paonazza. Pensò: "Meno male!", perché lui sarebbe di certo venuto a salvarla. A guardare meglio, però, capì che in realtà il ragazzo stava facendo il palo affinché nessuno s'intromettesse.

Due contro uno. "Che schifo" pensò.

A un certo punto lui mollò la presa e lei gridò con tutta se stessa. L'urlo le diede la forza di alzarsi e scappare. Cominciò a piangere. Correva e piangeva senza sapere dove fosse, voleva solo allontanarsi da lui.

Mattia riuscì di nuovo a raggiungerla, la afferrò con la forza e la mise in macchina. Le slogò il polso. Partì a tutta birra e finse di andare a sbattere. Clio invece aprì veramente la portiera. Si sarebbe buttata. Avrebbe preferito morire che stare accanto a quella bestia. Quel gesto lo costrinse a fermarsi. Lei scese dall'auto e si mise a correre nel senso contrario. Senza rendersene conto, si ritrovò in una galleria con le auto che sfrecciavano a duecento chilometri all'ora. Doveva sembrare davvero disperata, perché una macchina si fermò e scesero tre ragazzi ad aiutarla. Li vide in lontananza, erano diretti verso di lei, quando di colpo indietreggiarono e se ne andarono. Si voltò e vide Mattia che correva come uno stallone. Fine dei giochi. Non lo guardò negli occhi. Non ci riusciva. Non servì nemmeno che la toccasse. Si sentiva come un cane fuggito dal guinzaglio. Non ebbe mai la forza di denunciarlo. Camminò con lui, salì in macchina. La portò a casa. Muti. Ormai avevano toccato il fondo. Da quel giorno non lo vide mai più.

La prima tappa, una volta arrivate a Fiumicino, fu il bar. Una bella Ceres per cominciare l'avventura con lo stato d'animo giusto. Le altre ci andavano più leggere con la Corona, ma la legge era uguale per tutte e quindi, se lei si ubriacava, nessuna poteva astenersi dalla sbronza: era bella, forte e determinata.

Quello era il periodo del boom dei nuovi cellulari e delle macchine fotografiche digitali. Naturalmente se le erano procurate, ma non nascondevano una certa nostalgia per quelle usa e getta della Kodak. Erano più convenienti e meno delicate, potevano anche cadere a terra, ma restavano integre perché erano di cartone. Le foto venivano bene: con un rullino da trentasei, riuscivi facilmente a portare a casa trentadue foto. Ora invece cominciavi ad avere le cornici vuote e il computer stracolmo di scarti fotografici.

Chiesero a una coppia di peruviani di scattare loro un paio di foto. In una erano dolci e carine. Nell'altra tenevano le birre in mano, le teste storte e le facce smorfiose.

«Ragà, andiamo a fumare.»

«Accendino?» chiese Francesca.

«Io!» risposero all'unisono Martina e Anna.

«Io» aggiunse un secondo dopo Sofia, che arrivava in ritardo su tutto.

«Ma i soggetti che ci hanno fatto la foto? Poracci! Li ho visti appena siamo arrivate… Ma perché la gente si concia così? Cioè… ma non si guardano allo specchio? Boh, vabbè, comunque… stanno aprendo due discoteche a Vouliagmeni, una inaugura domani, me lo ha detto Vassilis. Quella più figa sabato. Io mi metto il vestitino rosso.»

«Io pure rosso» disse Anna.

«Anche io a palla» concluse Francesca.

«Ho cancellato tutte le foto dal computer. Spero veramente che non mi chiami più quel pezzo di merda» aggiunse Clio come se le ragazze non avessero parlato.

«Vedrai che con questo viaggio lo dimentichi» la consolò Sofia.

«Ho una voglia di fumare pazzesca.»

«Vabbè, tranquilla, tesò, mo che arriviamo… Io c'ho un po' di caga però, non me lo dovevi dire che ti sei portata il fumo. Cazzo, lo sai come sono fatta» disse Martina sputando la nuvoletta bianca in una sorta di sbuffo.

Se ci doveva essere una vice nel gruppo, era lei. E non perdeva occasione per ricordarlo. Bastava il tono di voce alterato. Uno sguardo o anche una semplice inclinazione del capo. Riusciva a minimizzare tutto in una sintesi pazzesca, facendo intendere che lei di ogni cosa capiva il vero significato, il peso specifico.

«Ancora? A Martì, stai serena! Ti ho detto che è tutto sotto controllo! Voi ovviamente fate le vaghe.»

Fece due tiri, uno di seguito all'altro, ed espirando spense la sigaretta sul marciapiede sporco.

Entrò nella porta a vetri, che si aprì educatamente.

La seguirono.

I voli internazionali partivano dal Terminal 3. Il desk dell'Olympic Airways era il 253. Il check-in si faceva rigorosamente di persona circa due ore prima del volo con presentabili hostess di terra. Le impiegate ancora avevano il tempo di interrogarti sul perché della vacanza ricambiandoti con un sorriso. Il controllo passaporto fu rapido e indolore. Si tolsero felici la zavorra dei cinque bagagli, che non superavano complessivamente i cento chili. Questo significava che le bilance a casa funzionavano correttamente. E quindi i sessantasei chili che Clio aveva letto in mezzo agli alluci quella mattina erano veri, ahimè!

Di tanto in tanto si grattava sotto il seno sinistro. Camuffando un naturale prurito. In realtà verificava che il tocco di fumo stesse lì dove lo aveva sistemato prima di uscire. Appena sopra il ferretto del balconcino. Se fossero state fermate dalla polizia o avvicinate da un'unità cinofila, con un gesto lo avrebbe gettato via. Possibilmente in un punto non rintracciabile. O almeno quello era il piano. Il suo portamento manteneva una frequenza di sessanta battiti al minuto, un po' come chi non ha niente da nascondere.

La tensione fu tangibile solo quando al metal detector un bracciale comprato in via Sannio fece suonare l'allarme. Smisero di ridere tutte nello stesso momento senza camuffare sguardi complici e impacciati. L'unica che era veramente in grado di uscire da se stessa era lei. Nelle situazioni come quella entrava in una zona franca: corpo, anima e cervello neutralizzati. Aveva da sempre avuto grande sangue freddo nelle circostanze pericolose. Non un gesto, non un segno che facesse trapelare la benché minima cosa. Sangue gelido e sguardo finemente impenetrabile mentre la giovane donna le premeva l'aggeggio rilevatore all'interno della coscia. Gonfiò tranquillamente la pancia a ogni respiro e, quando finalmente la sicurezza si voltò, espirò tutta l'aria e se ne andò decisa.

Anche quella volta mise a segno il colpo e lo festeggiarono subito con altre due birre, ora divise in cinque. L'unica che fece shopping al duty free fu Francesca. Andava pazza per i mini Toblerone. Ne prese due pacchi, da cui ovviamente pescarono anche le altre durante il viaggio.

S'incamminarono verso il gate.

5
Mingazzini

Roma, 4 settembre 2003, ore 2.50

La luce era bianca e blu. Fredda. La chaise longue relativamente comoda. Dondolava come sul mare. Di tanto in tanto si agitava. Sembrava che il massaggiante fosse sfondato e il motore si svegliasse bruscamente a suo piacimento. L'avevano fatta accomodare due uomini dai volti sbiaditi con tute arancioni. L'astronave sembrò rassicurarla da subito. Il viaggio ricordava quello dello shuttle che ti porta fin sotto l'aereo. Impiegò circa lo stesso tempo.

Nello spazio circostante si vedevano oggetti color arancione pungente. Una scatola nera sulla sinistra. C'era anche una cosa gialla appesa di fronte, forse un elmetto. Nanda era lì, vigile. Stringeva la borsa come fosse l'ultima Bibbia rimasta sulla Terra. Mentre Clio, che ormai aveva ceduto completamente al peso del corpo, teneva la mano sulla fronte coprendosi un occhio. Era convinta che quelle dita in faccia fungessero da conduttore e trasportassero la sofferenza altrove.

Falsa credenza.

La discesa dall'ambulanza fu scorrevole. La barella era ultramoderna, aveva un sistema di scarico molto semplice. Bastava spingere insieme la leva verde e la leva rossa, tirarle con cautela verso di sé e automaticamente si aprivano entrambe le gambe al suolo.

Orizzontale e parallela al pianeta, la giovane donna cominciò il viaggio in sopraelevata. A quell'ora al pronto soccorso non c'era nessuno. Come un pacco Dhl venne consegnata a un individuo in abito azzurrino, anche lui dal viso indistinto. Gli altri due sparirono nel buio. Nanda continuava a fare da satellite. Non si copriva il naso per rispetto, ma era evidente che sentiva il forte odore di formaldeide. Forse veniva dalle lenzuola delle due barelle vicino, forse avevano da poco disinfettato i pavimenti. A ogni modo qualcosa dentro Clio le diceva che presto ne sarebbe rimasta assuefatta. Si stava abituando all'effluvio appena sopportabile, quando apparve una figura dalla penombra che le prese il braccio sinistro. In mano teneva un tubicino elastico e qualcosa che lei non seppe distinguere. Legò il tubo attorno all'arto aspettando il rigonfiamento della vena mediana.

Non accadde nulla. Diede tre colpi sotto al laccio emostatico e con voce robotica disse: «Signorina, ce l'abbiamo qualche vena? Mi serve un po' di sangue per le analisi. Faccia così...». E strinse e riaprì il pugno tre volte.

Clio scrutò con attenzione il movimento e lo rifece in *slow motion*. L'uomo cercò dove sapeva, trovò la collinetta e fece entrare l'ago. Il primo di un'infinita serie.

Giusto il tempo di dimenticare il pizzico sul braccio, che il punto infastidito venne rimaneggiato. L'infermiere sfilò la cannula ed entrò in un corridoio. Guardando in direzione dei piedi le sembrava di vedere un'arcata del palazzo della Civiltà Italiana di Roma. Dall'oscurità spiccavano finestre allineate, illuminate di celeste. Difficile capire se fossero sullo stesso piano o su varie profondità. La differenza con quelle del cosiddetto "Colosseo quadrato" stava nella forma: erano rettangolari.

La barella sembrava telecomandata da lontano, a guidarla un uomo invisibile. Si spostava da sola, infilandosi in una serie di tunnel tutti uguali, tinteggiati da una fredda illuminazione. Durante il trasporto Clio si sentì osservata senza capire chi la stesse guardando. Continuava a tenere le palpebre socchiuse, gli occhi in direzione dei piedi, in un atteggiamento di rassegnata fiducia. Non aveva grossi problemi con gli ospedali perché erano luoghi che non conosceva bene. Così, oltre a lasciarsi andare per trovare un rimedio a quel male insopportabile, non aveva altri pensieri per la testa.

Stop. Brusca frenata.

Rumore di porte che si aprono e si chiudono e via con l'interrogatorio di un altro uomo.

«Quanti anni ha?» le chiese e, dopo aver sentito la risposta, passò a darle del tu e proseguì con una serie infinita di domande.

«Quando sei nata?»

«Dove sei nata?»

«Quanto pesi?»

«Hai mai avuto malattie importanti?»

«Qualcuno in famiglia ha avuto malattie importanti?»

«Tumori, infarti, meningiti?»

«Sei allergica a qualcosa?»

«Hai allergie verso qualche farmaco?»

«Gravidanze?»

«Ultime mestruazioni?»

«Fumi?»

«Ti droghi?»

«Da quanto hai mal di testa?»

«Dove esattamente?»

Un'infermiera sui quarantacinque anni nel frattempo le aveva tolto la canottiera e slacciato il reggiseno. Sembrava la preparazione a un rito sessuale, al quale era prontissima a partecipare purché la togliessero da quel supplizio. Le bagnò alcuni punti del torace con dell'ovatta e, facendo sorrisi complici al medico di turno, attaccò gli elettrodi. Alcuni anche ai polsi e alle caviglie.

Clio aveva tentato di rispondere in maniera esaustiva a tutte le domande, mentre il dottore guardava ogni tanto i suoi occhi, ogni tanto le orecchie e ogni tanto l'infermiera, appuntando delle cose su un foglio. E mentre scandiva l'ultima domanda si alzò a premerle la pancia.

«Ah... mi fa malissimo.»

«Qui?» chiese il medico.
«No, la testa.» E chiuse gli occhi.
«Adesso ti mettiamo qualcosa nella flebo per farti passare il dolore e dopo facciamo un altro esame.»
Clio non disse nulla. Pensò solo che non si era accorta di avere una flebo.
«Alza le braccia verso il soffitto e mantieni gli occhi chiusi. Apri bene il palmo delle mani e allarga le dita.» E mentre parlava la aiutava a trovare la posizione per poi lasciarla affinché ci rimanesse da sola, senza il suo aiuto. «Resta così... mmm... ora ruota i palmi delle mani e mantieni...» Andò ad annotare qualcosa. «Adesso piega le gambe... così... e mantieni la posizione.»
Passò il foglio all'infermiera bionda. Aprì un cassettino e tirò fuori una boccetta di vetro. Aspirò il contenuto con una siringa, che poi svuotò nel tubicino della flebo. Qualcosa di caldo e invadente pervase il braccio e poi il corpo di Clio, che finalmente si lasciò andare a quella sensazione stupefacente, mentre sempre più in lontananza sentiva il ticchettio dei tasti di una tastiera.

> Nessuna malattia degna di rilievo in passato. Dal 26 agosto scorso, dopo un viaggio in Grecia, la paziente riferisce intensa cefalea subcontinua e intermittente e da 9 gg. con nausea e vomito, stipsi. Compenso emodinamico. Attività cardiaca ritmica, normofrequente. Polsi periferici presenti, simmetrici. Mv nella norma. Addome trattabile non dolente. Peristalsi presente. Organi ipocondrici nei limiti. Non deficit neurologici in atto. Pupille isocoriche isocicliche normoreagenti. Non rigidità nucale. Lieve ptosi palpebra sinistra. Eo neurologico nella norma tranne sfumato cedimento dell'arto superiore dx in Mingazzini. Segni meningei assenti. Si consiglia Tac cerebrale urgente.

Clio teneva la testa immobile. Solamente le pupille si muovevano a scoprire l'ambiente. Nanda invece girava il capo come un fenicottero rosa, cercando di rimpicciolirsi per non infastidire nessuno con la sua presenza.

«È meglio che si fermi qui stanotte. Può dire alla signora di tornare a casa perché non può rimanere» disse una voce che arrivò da sinistra.

Clio si voltò a guardare. Adesso era qualcuno col camice bianco.

Il fatto che ci fossero molti uomini la fece stare meglio.

«Móre?» disse senza esitare alzando la mano. «Tu prendere taxi, andare casa peppaóre... io bene. Loro detto io vòle aspettare qui. Domani tu venire, ok?»

«Dubbène móre. Tu bene peppaóre. Vediamo domani, mio còre... mio còre» quell'ultima parola uscì come strappata dalla gola.

Nanda non riusciva a esprimersi bene in italiano, nonostante gli anni vissuti nel Belpaese. In fin dei conti non era mai stata a scuola. Quel "còre" per lei era la sintesi di: "Ti amo, vivo per te, se ti dovesse succedere qualcosa ne morirei, cerca di stare sempre bene, per me sei tutto, ti amo ancora e ancora di più, mi mancherai sempre, anche quando ti starò vicina".

Ma non aveva proprio idea di come si potesse dire una cosa simile. E quindi diceva: «Mio còre». Per una mente elementare come la sua, l'associazione simbolica del muscolo cardiaco al sentimento d'amore era qualcosa di più complicato del previsto. Pur non sapendo come, negli anni era riuscita a mettere d'accordo significato e significante. Guardò il medico muta e minacciosa. "Se le succede qualcosa sei morto" sembrò dirgli. Andò via come quei ragazzi di periferia che vanno a chiamare rinforzi dopo aver preso un cazzotto in faccia.

6
Friends

Atene, 21 agosto 2003

A vent'anni un giovane è nel pieno dell'energia e il tempo corre irresponsabile.

Sesso, tanto sesso. Si parlava solo di quello. In che modo l'avevano fatto, con chi e soprattutto con chi lo avrebbero voluto fare. Francesca si sarebbe scopata l'universo. Poca selezione. L'importante era poter raccontare qualcosa il giorno dopo. Non veniva mai, ma non era frigida. Probabilmente non aveva ancora incontrato l'uomo giusto. Aveva bisogno di attenzioni e le cercava in ginocchio.

Anna era continuamente fidanzata. Impossibile concepirsi single: appena finiva una storia ne cominciava un'altra e così all'infinito. Se in Grecia avesse incontrato qualcuno di interessante, avrebbe lasciato il tipo italiano e via con l'avventura ellenica. Non tradiva, lasciava direttamente.

Sofia, tutto un programma! Amava l'amore e amava farsi amare, ma in quanto a storie era un disastro. Non si fidava e non riusciva a lasciarsi andare. Era piena di complessi e restava affascinata dai personaggi più bizzarri, mentre ignorava del tutto chiunque le facesse delle avances.

Martina, una divoratrice di uomini. Quello che voleva se lo prendeva. Decideva quando innamorarsi, quando lasciarsi, quando divertirsi, quando sbroccare. Praticamente faceva tutto da sola.

Clio non aveva problemi a scegliere chi portarsi a letto, perché era una bella ragazza, ma era stracolma di orgoglio e non la dava vinta a nessuno. Dopo la prima storia d'amore fatta di purezza, fiducia e romanticismo, conobbe Mattia e da lì in avanti gli uomini rientrarono tutti nella categoria "bugiardi e infedeli": prima o poi l'avrebbero tradita.

«Ahi! Dai, cretina!» gridò Sofia mentre si levava stizzita le dita dell'amica dal sedere.

«E che sarà mai?!» rispose Clio divertita.

Aveva l'abitudine di importunare le amiche, specialmente quando erano in mezzo alla gente. O davanti o dietro, il dito-terminator andava a dar fastidio là dove non batte il sole. Sempre e rigorosamente quando erano protette da un bel pantalone, però: non amava l'idea di potersi trovare in un terreno paludoso che non fosse il suo.

In fila una dietro l'altra tirarono giù le borse dalle cappelliere. A Martina arrivò una gomitata in testa dall'americana che le era stata vicino durante tutto il viaggio a ciancicare Big Babol.

«*Oh, I am so sorry!*» disse la statunitense con la manina sulla bocca e l'espressione meravigliata.

E loro giù a ridere, mentre Martina non sapeva se prenderla a calci o risponderle educatamente. Per la diplomazia che l'aveva sempre contraddistinta optò per il quieto vivere e disse controvoglia un rancoroso: «*Mmm, no problem...*», sistemandosi la borsa sulla spalla.

Dopo aver guardato tre volte i sedili, casomai avessero dimenticato qualcosa, si diressero piano piano verso l'uscita, dalla parte anteriore dell'aereo.

In prossimità della porta stavano dritte una di fianco all'altra tre bellissime hostess con le mani dietro la schiena e un triste sorriso di circostanza. «*Goodbye!*» dissero monotone.

Il sottotesto era: "Vi è piaciuto? A noi no. Godetevi la serata, che qui si riprende a fare le cameriere. Scomode e gonfie".

Finalmente erano in Grecia!

Notarono subito una netta differenza di clima: caldo e secco.

Ad accoglierle sulla scala di sbarco vi era un caldo avvolgente, che ammorbidiva ogni pensiero. Al rumore delle sospensioni per il passaggio dei viaggiatori, si mischiarono le pance urlanti delle giovani donne. Benché avessero servito un panino sul velivolo, avevano ancora un appetito da lupi. Ormai lo stomaco si era allargato per via della fame chimica. In genere prima di farsi le canne facevano vere e proprie spedizioni al supermercato e svaligiavano il reparto *junk food*. Merendine, patatine, Nutella, caramelle gommose... Mulino Bianco e San Carlo erano i brand che si leggevano di più alla cassa. Piene di buste della spesa, si sedevano in circolo, fumavano, parlavano (Anna più di tutti), ridevano, collassavano e s'ingozzavano di cibo. Una, due, tre volte... alla fine avevano perso il conto. Si erano abituate e il loro stomaco pure. Ancora non avevano appreso come vomitare, quindi in maniera più o meno evidente erano ingrassate tutte. Clio aveva preso almeno quattro chili dalla fine del liceo.

Andarono a ritirare i bagagli sognando una tavola imbandita di leccornie greche. Cinque belle donne, slanciate e in forma, che mangiano qualsivoglia cosa senza limiti erano uno spettacolo davvero attraente. E per l'equazione "cibo uguale sesso", gli uomini che le ammiravano si lasciavano prendere da articolate fantasie.

Le valigie arrivarono con molta calma e loro finalmente si diressero verso l'insegna verde che indicava l'uscita.

Si aprì la porta automatica con il passeggero che le precedeva e Clio ebbe un sussulto. Si fermò. La porta si chiuse e le diede il tempo di strofinarsi la fronte per riordinare i pensieri. Probabilmente era la stanchezza, dato che non aveva dormito la notte precedente. Ma era certa di aver intravisto il viso di Mattia in mezzo alle persone dietro la transenna. Martina avanzò facendo riaprire la porta e le ragazze la seguirono entusiaste, eccetto Clio che, con le sopracciglia aggrottate, si trattenne per controllare la scura folla ellenica.

Aveva senza dubbio bisogno di mangiare qualcosa. Perché, a guardar bene, non c'era nessun italiano in mezzo a quella gente temprata e coraggiosa.

«Tesò, tutto bene?» domandò Martina.

Trascorsero sei secondi buoni prima di udire la risposta.

«Sì! Regà, sto fòri comunque. Qui o canna o pasta con la panna! Dai 'nnamo, non ce la faccio più!» E con la fronte corrugata e un sorriso accennato si unì alle amiche.

Ci fu una gran caciara per trovare due taxi, visto che erano in cinque e in uno solo non ci stavano. Avevano paura di essere fregate. Sapevano infatti che lì era un po' come a Napoli: se si è amici va tutto benissimo, sennò so' guai perché ti fottono. Non mancarono tensioni per accordarsi sul prezzo con i tassisti tutti complici fra di loro. Il tassametro era un inutile accessorio, quindi bisognava decidere la cifra in anticipo. Ci riuscirono e salirono, pronte a partire.

7
Odissea

Roma, 4 settembre 2003, ore 6.30

«Ciao bella, buongiorno! Guarda che è tardi, eh! Con che te sveji te, orzo o tè? T'è piaciuto er gioco de parole?» la svegliò così, ridendo, una donna con un dito di fondotinta in faccia e orecchini pendenti di bigiotteria.

«Tè» rispose una voce.

Clio girò la testa per cercare chi avesse parlato. Trovò una ragazza con folte basette, rare su una donna, e profondi occhi blu. Mentre cercava di capire se fossero lenti a contatto o proprio i suoi occhi, si rese conto di non provare alcun dolore e dilatò le labbra in un sorriso. Le era passato tutto...

Riuscì a mettere a fuoco le lancette dell'orologio sulla parete davanti. Segnavano le 6.32. Che meraviglia sentirsi così e che strano svegliarsi a quell'ora. Era assopita, il mondo fuori le pareva rarefatto.

C'era una finestra rettangolare – un metro e cinquanta per due metri e mezzo – oltre quella ragazza sconosciuta, e le persiane erano abbassate fino a poco più della metà. Bastava sporgere un poco la testa per sentirsi il viso puntellato di gnocchi di luce.

«Tu, invece, hai scelto cosa vuoi?» chiese a lei la donna truccatissima posizionandosi fra i due letti.

«Orzo per favore» rispose Clio e si sentì afferrare il braccio destro.

«Forza, bella mia. Quando dormivi ho provato a sinistra, ma niente. Vediamo se su questo braccio c'hai quarche vena» borbottò un'altra donna notevolmente bassa, stritolandola fra l'omero e il gomito con un laccio moscio e scolorito. Clio sentì tirare la peluria insieme alla pelle, non le piacque affatto.

Pensava a come cambiano le abitudini di ogni individuo in base al contesto in cui si trova: che strano modo di fare colazione!

Le infermiere avevano la stessa grazia dei camerieri che di prima mattina fanno il caffè nei bar del centro. Un casino. E proprio come alcuni camerieri, le infermiere ostentavano sarcasmo mediocre per farti cominciare bene la giornata... a detta loro.

Un caos totale che solo nei giorni successivi, in prossimità delle dimissioni, sarebbe risultato consolatorio.

Prelievo fatto. Subito dopo la sua ascella avvolse un freddo termometro.

Cercava di stare immobile mentre ragionava su come prendere la colazione. Ancora non le era venuta voglia di fare pipì. Stava bene per l'assenza della fitta alla testa, ma lo spazio intorno era nuovo e andava contemplato. Sollevò piano la schiena e stando attenta al termometro cominciò a bere. L'orzo era caldo, accompagnato da qualche fetta biscottata con marmellata di albicocche. Poteva intingere le fette nel liquido perché il tazzone era quello grande, adatto anche ai cereali. Comunque il giorno dopo avrebbe scelto il tè, quell'acqua nera cominciava già a non sapere più di nulla. Forse solo di bruciato.

L'infermiera riprese il termometro senza comunicarle la temperatura.

Dopo colazione Clio decise che era arrivato il momento della pipì. Si alzò lentamente per andare in bagno. Arrivò giusto alla soglia della porta, quando capì di avere un tubicino iniettato nel dorso della mano che finiva in una sacca di plastica, appesa a un palo di ferro, a sua volta legato al letto. Che impressione.

Si appoggiò al telaio della porta.

«Bella, se c'hai bisogno me lo dici e t'accompagno io. Devi annà ar bagno?» disse qualcuno, e subito si affacciò una testa impacchettata di capelli decolorati dal gabbiotto di vetro di fronte.

Clio fece un gesto con la mano, come a dire: "Va tutto bene", ma in realtà barcollò e fece per aggrapparsi a qualcosa che non c'era.

«Antonellaaa! Chi l'ha fatta arzà, quella? Rimettetela subito a letto. Oggi finisce male pe' quarcuno. Porca miseria!» sbraitò la caposala accorrendo.

«Stavamo tornando a spiegarle della padella. Ho appena dato da mangiare...» rispose indietreggiando verso la stanza la donna truccatissima.

Clio con l'aiuto delle due donne si sdraiò disfatta di nuovo sul letto mentre la caposala controllava. E aspettò, come le era stato ordinato, la padella, senza sapere cosa fosse. Sicuramente non poteva contenere uova strapazzate. Antonella tirò fuori da uno scrigno magico questa sorta di grande paletta di acciaio, come quella che si usa per raccogliere la polvere dopo aver spazzato per terra. Era più arrotondata. Alzò le lenzuola e dando grossolane indicazioni gliela mise sotto al sedere. Un millimetro dopo il coccige, per intenderci. Lei restò interdetta con le gambe piegate e un po' divaricate.

«Forza, fai la pipì» ordinò l'infermiera.

Clio si rese conto di non avere le mutande.

"Ma come? Così, la pipì a letto? Su questa cosa fredda? Sdraiata, in una stanza con altre persone? Con la tipa che ogni tanto investiga fra le mie gambe per vedere se va tutto bene... e se cade fuori, se va sul letto?" pensò, e la guardò implorando pietà con la testa piegata a sinistra.

«Stai serena! È normale» la tranquillizzò.

Superando i limiti del proprio pudore, chiuse gli occhi, espirò e lasciò uscire una lunghissima pipì. Fu liberatorio ma davvero imbarazzante. Antonella le diede un panno per pulirsi e se ne andò col pentolame carico di urina. Assurdo. Sembrava una contadina che aveva raccolto qualcosa da un animale infermo e lo andava a gettare nel campo.

Notò che gli altri comodini erano pieni di roba: succhi di frutta, riviste demenziali, peluche. Piccoli angoli di casa. Mentre il suo era quello di chi ha appena traslocato: spoglio, impersonale... triste. Tuttavia, il minimalismo ordinato del camerone e l'effettiva disponibilità di diverse persone, tutte interessate a sapere come stava, le davano una certa pace.

Lo stanzone conteneva quattro letti, quattro persone. Quattro *pazienti*. Capì perché vengono chiamati così solo una settimana prima di ricevere la lettera di dimissioni dall'ospedale: per l'incommensurabile mole di sopportazione e pazienza che bisogna avere dentro quelle mura.

Nanda venne a trovarla alle sette e mezzo. L'aveva vista avvicinarsi frettolosa con una bustina di carta bianca in mano. Aveva capito che dentro c'era il suo cornetto alla crema preferito. Voleva nutrirla, come aveva sempre fatto. Glielo consegnò insieme a una carezza, dopodiché andò a farsi in ginocchio la Scala Santa di San Giovanni in Laterano. Il fatto che Clio fosse là dentro e avesse scoperto di essere in attesa di un intervento faceva sì che a Nanda mancasse una parte di sé, perciò pregava perché tutto tornasse come prima. Identico a prima. Aveva subito un profondo calo vitale. Le era passato l'appetito e, quando masticava, il cibo le pareva una gomma insapore, difficile da mandar giù. Non voleva accettare che la sua piccola stesse male. Anche la minzione e la defecazione erano diventate faccende inopportune da sbrigare velocemente per tornare a dedicarsi alla "bambina", col pensiero e con la preghiera. La testa era assiduamente altrove e l'angoscia dominava la notte. Sarebbe stato mille volte meglio se ci fosse stata lei aperta in due su quel letto d'ospedale.

Appena le amiche lo seppero, sopraggiunsero terrorizzate e cominciarono ad accamparsi nell'atrio esterno.

Arrivò anche il fratello maggiore, mentre la sorella veniva aggiornata al telefono perché si trovava negli Stati Uniti. A Clio era capitato spesso di sentirsi figlia unica, per il tipo di rapporto con l'uno e la distanza fisica con l'altra.

«Ciao papi, auguri! Buon compleanno! Eh, mi dispiace... Sto bene comunque, sto bene. Ok, non vi preoccupate. Ti passo la dottoressa.» Aveva chiuso così una breve telefonata con i suoi, che quell'anno avevano deciso di festeggiare il compleanno di papà a Leros, in Grecia. La telefonata dei medici fu il più brutto regalo di sempre, ma ancora più mostruosa fu la sveglia nel pieno della notte provocata dal figlio maggiore, che al telefono aveva urlato: «Tornate a Roma! Tornate subito, che domani Clio deve essere operata, ha un tumore al cervello!». Tutta l'ansia e il terrore fraterni passarono assottigliati prima nei cavi elettrici e poi attraverso i satelliti, per arrivare come una freccia infuocata dentro il timpano della madre.

Bruciava quella notizia. Bruciava. E metteva scompiglio nel cercare di riordinare le idee insieme alle valigie.

Due giorni ci misero a tornare. Dal Dodecaneso servivano venti favorevoli, traghetti disponibili per il Pireo, un aeroplano per Fiumicino e infine la macchina per l'ospedale. Quanti mezzi di trasporto per raggiungerla!

Mentre avrebbero voluto essere lì in quel momento.

I genitori allo spuntare del sole corsero al porto per trovare un posto sul traghetto ma, dopo tre giorni di fermo causa cattivo tempo, sarebbe partito solo a mezzogiorno arrivando ad Atene in tarda serata. Naturalmente lo presero. Il giorno dopo si precipitarono all'aeroporto Eleftherios Venizelos per prendere l'aereo, ma il meteo sfavorevole aveva fermato anche i voli e così l'unico disponibile era pieno di tutti i passeggeri rimasti a terra dai voli precedenti. Niente, sarebbero dovuti rientrare per mare. Guidarono fino a Patrasso, dove li aspettava un altro traghetto, questa volta per Brindisi.

Arrivati in Italia, la madre decise di mettersi al volante perché il padre aveva la patente scaduta e, se fossero stati fermati, avrebbero perso ulteriore tempo. Senza mai levare il piede dal gas, meglio di un pilota di Formula 1, portò la Saxo direttamente al San Filippo Neri nel tempo record di quattro ore e mezzo. Fu una vera odissea.

8
Origini

La prima volta che Clio nacque fu quando venne fuori dal ventre della mamma, la quale s'impegnò a farla uscire entro il 26, perché sapeva che era un giorno buono. E così accadde senza problemi, ma solo per la piccola, perché l'epidurale allora non esisteva, e quindi qualche problemuccio la genitrice avrà pur dovuto risolverlo.

Era ottobre ed era notte. Fu la terza e ultima a varcare quella soglia. Segno zodiacale: Scorpione. Battezzata cristiano-ortodossa. I suoi l'amarono e sostennero sempre, tuttavia ebbe spesso l'impressione di essere di troppo, come se la loro ingombrante storia d'amore fosse più importante della famiglia che avevano generato.

L'infanzia fu discretamente felice. In adolescenza, soprattutto per via della mamma, si radicarono in lei complessi e insicurezze: senza farlo apposta capitava ogni due per tre di constatare che ci fossero persone migliori di lei. Il che è ovvio, ma se il peso di tale osservazione prevarica sul senso di accettazione di sé, quella delicatissima cosa che è l'autostima tende a incrinarsi.

Clio voleva un gran bene a sua madre e sicuramente non glielo diceva abbastanza. Avrebbe voluto farle lei da mamma! Avrebbe voluto accompagnarla e rassicurarla durante la vita, perché di questo ha bisogno un bambino, un adolescente e infine un adulto: amore e rassicurazione. Due cose che probabilmente mancarono *in primis* a sua madre.

Una cosa in cui eccelleva la mamma era raccontare barzellette. Era davvero geniale, un'attrice nata. Brava a cucinare e morbida come un plum-cake. Grande oratrice e piena di aneddoti interessanti di ogni sorta e in ogni lingua. Eh sì, perché era nata a Il Cairo da una famiglia greca, quindi di lingue ne conosceva diverse. La nonna si chiamava Marìka, e Clio non la conobbe mai, e il nonno materno, nemmeno lui mai conosciuto, Ianko.

A un primo incontro si sarebbe stati ore ad ascoltare sua madre ma, chi le stava sempre vicino, a un certo punto aveva bisogno del *time out*!

Nonno Bob, che invece Clio ebbe la fortuna di conoscere insieme alla nonna paterna, era inglese. Lavorava per Scotland Yard e nel pieno della giovinezza, durante la fine della Seconda guerra mondiale, fu mandato in Puglia. Lì incontrò una bella ragazza, Aurora, con cui ebbe tre figli maschi, il primo dei quali divenne suo padre, nato e cresciuto a Beverley in Inghilterra.

«Hai sentito, papà? Auguri!» Lui accolse gli auguri con immensa gratitudine mentre un profondo senso di colpa riemerse dalle viscere, quasi a stringergli l'addome in una morsa.

Un uomo inglese tutto d'un pezzo, suo padre, apparentemente perfetto e pieno di luce ma, si sa, ognuno ha le proprie ombre. Le sue caratteristiche principali erano la pacatezza, la curiosità e la dolcezza, che non risparmiava a nessuno. Mentre speciali erano le sue pause tra una frase e l'altra, tra un gesto e l'altro. Pause. Clio aveva sempre adorato la mano gigante che le cingeva la guancia in una carezza («Da grande voglio un uomo con la mano di papà» ripeteva da piccola).

Un'altra cosa che riempiva di calore le sue giornate erano dei pensierini che il padre scriveva su piccoli foglietti di carta, post-it o angoli di giornale e che lasciava in giro per casa, nel risvolto delle lenzuola o vicino ai corn flakes la mattina.

Tipo: "La felicità dura un attimo".

"C'è disperazione, c'è paura, c'è angoscia, c'è... l'amore, c'è speranza."

"Mettere a frutto il presente... il futuro è immediatamente dopo."

"Il fumo. Ogni singola sigaretta. Fa mancare il respiro. Che mi servirà!"

"Pensa come un uomo d'azione. Agisci come un uomo di pensiero."

"ESISTE IL MONDO DELLE FAVOLE!"

Oppure quel biglietto che Clio ricevette al posto di un regalo di compleanno:

Cara Clio, mia dolce,
in occasione del tuo diciassettesimo compleanno avrei voluto preparare una grande festa con tanti palloncini colorati, una fanfara di allegri musicisti con tamburi e tamburini, una sfilata di carri trainati da cavalli bianchi e uno stormo di aereoplanini con i piloti vestiti come Pippo, con l'aiuto pilota Pluto, che dall'alto lancia nel cielo azzurro tanti coriandoli... invece niente!

Però il cielo azzurro sopra di noi c'è e oggi è anche una bella giornata di autunno con il sole che riscalda l'aria fresca di questo 26 ottobre e così sarà per tanti, tanti, tanti anni ancora. Una giornata tranquilla, spensierata, senza angosce né problemi, che scorre via con naturalezza come una *samba brasileira*, e vorrei che fosse sempre così, con il tuo sorriso dolce nei miei occhi. La tua pelle che sa di primavera e i tuoi capelli crespi e lucidi come una puledrina che corre libera verso l'orizzonte. Un orizzonte pieno di sogni e di speranze, amore e felicità: un orizzonte che abbia assieme i colori dell'alba e del tramonto, così da risvegliarti ogni mattino con la gioia nel cuore e da accompagnarti la sera a dormire con il calore della fiducia nella vita.

Quando venisti al mondo sei stata per noi come una nuova stella che rischiara il firmamento.

Oppure come quello che Clio trovò dopo un brutto litigio:

Clio,
pikkioletta... non intendevo riprenderti per qualcosa o rimproverarti... anche io se è per questo ho da fare una profonda autocritica. Stavamo solo parlando di quel che è successo con i nostri diversi rispettivi punti di vista. Sbagliati o giusti che siano. Non possiamo né io né la mamma né tu alzarci e offenderci così quando si parla tra di noi. Ti voglio bene e mi dispiace che sia stato la causa del tuo risentimento.
Papy

9

Come ti chiami?

Roma, 4 settembre 2003, pomeriggio

Quella notte le avevano fatto la Tac ed era arrivato il primo, inquietante risultato. Praticamente aveva un mandarino in testa.

> Paziente destrimane. Non riferisce episodi di allergie a farmaci. Non precedenti patologie degne di nota. Dal 26 agosto scorso la p. riferisce cefalea ingravescente e renitente a trattamento con farmaci, accompagnata di recente da frequenti episodi di vomito. Tc cerebrale con e senza Mdc, presenza di voluminoso processo neoformato (5 x 4,5 cm) di tipo cistico con cercine riccamente vascolarizzato localizzato in sede temporo-parietale a destra. Il processo risulta circondato da discreta reazione edemigena con fenomeni compressivi sul ventricolo laterale ed iniziale deviazione verso sinistra delle strutture della linea mediana. IV ventricolo in asse.

Si sentì sballottolare a destra e a sinistra e si svegliò. Era dentro un ascensore, condotta dall'uomo invisibile. Inerme. Vedeva gli occhi della gente restituirle sguardi seri e inquisitori. Persone sconosciute di passaggio, in visita, malate, dipendenti, dottori... E, come un'epidemia, gli occhi di ognuno erano segnati dallo stesso identico puntino bianco al centro della pupilla. Ci mise poco a capire cos'era.

Paura.

Arrivò a destinazione e l'uomo invisibile la lasciò nelle mani di un medico.

«Ciao Alessandra, tutto bene? Facciamo una risonanza con mezzo di contrasto, ok? Soffri di claustrofobia?» le chiese un volto giovane e pulito.

Sin da quando era piccola c'era sempre stato questo malinteso riguardo al suo nome. Chi la chiamava Alessandra e chi invece azzeccava: Clio. Perché sui documenti era "Clio Alexandra", non "Clio Alessandra".

Lui aveva toppato ma, diversamente dal solito, non aveva nessuna voglia di correggerlo, rispose solo un audace «No».

«Bene.» La fece spostare lentamente dal lettino a un'altra base gelida e rigida.

«Adesso sentirai un po' di freddo, che dalla mano se ne andrà in giro per il corpo. Devi restare immobile. Non ti muovere, capito? Se c'è qualche problema, se vuoi dirmi qualcosa, alza la mano sinistra in questo modo e ti tiriamo fuori. Noi ti vediamo e ti sentiamo da là dentro, intesi?» E senza aspettare la risposta le chiuse la testa in una maschera che ricordava quella di Hannibal Lecter e la infilò in una gola bianca e stretta.

Il tempo di pensare a addormentarsi di nuovo che una sorta di allarme cominciò all'improvviso. Un suono forte. Una macchina rotta, impazzita. Un richiamo dalla Terra allo spazio per trovare forme di vita aliena. Un codice Morse accelerato. Il volume alto dentro le orecchie mentre era bloccata in quella capsula. Immobile, con la plastica bianca a due centimetri dalla fronte, il recinto cilindrico grosso e pesante poco più su, il soffitto appena più in alto e un intero edificio sopra di lei. Capì cosa intendeva il medico quando le chiese della claustrofobia, ma ora era tardi per rispondere che sì, ne soffriva. Un forte calore cominciò a sprigionarsi dallo sterno verso le periferie del corpo.

Era terrore. Decise di chiudere gli occhi e di azzerare ogni funzione vitale.

Doveva passare quaranta minuti così. E annullarsi era l'unico modo per trascorrere il tempo senza sentirsi davvero in trappola.

Era la prima volta in vita sua che si sottoponeva alla risonanza magnetica. Il macchinario le appariva misterioso, era in grado di generare immagini anatomiche tridimensionali senza l'utilizzo di radiazioni dannose. Sembrava una toilette futurista rovesciata. Il meccanismo diagnostico era "semplicissimo": basato su una tecnologia che eccitava e rilevava il cambio di direzione dell'asse rotazionale dei protoni presenti nella componente acquosa dei tessuti viventi. Una corrente elettrica veniva fatta circolare attraverso fili a spirale per creare un campo magnetico sul corpo del paziente. Le onde radio venivano inviate e ricevute dall'apparecchio tramite un trasmettitore/ricevitore per dar luce a immagini digitali dell'area di corpo scansionata.[1]

Il risultato usciva dalla stampante speciale, come se fosse una diapositiva gigante, con la patologia perfettamente evidenziata in ogni dettaglio. La foto appariva come un fiore nato dal letame per l'attrazione che suscitava: esposta a mo' di quadro su una lavagna luminosa, ognuno aveva qualche commento da fare, passava nelle mani di dottori, professori, tirocinanti e infermieri ficcanaso. Ma mai arrivava al povero ignaro paziente. Tutti sapevano, tranne lui. Tutti, tranne lei.

Clio, che era stata riportata nella sua stanza, era in uno stato di grazia perché mannitolo, Bentelan e Zantac che, cautamente dosati, le entravano in vena, l'avevano immersa nel Paese delle Meraviglie… non aveva mai provato una

---

[1] *Vedi* https://healthy.thewom.it/esami-e-analisi/risonanza-magnetica/.

sensazione simile. Il mondo reale risultava così duro che accettava volentieri il passaggio in quello fantastico. Una crepa nel muro era l'arteria di una tigre bianca di sei metri. Un cappotto appeso all'appendiabiti era un mago pronto a far sparire il coniglio nel cappello. Una fettina di vitello era il continente africano su una distesa bianca. Le infermiere erano membri dell'esercito del Mago di Oz. I parenti degli altri pazienti erano vecchietti in attesa del turno di bocce. Gli uomini in camice bianco erano astronauti pronti a salpare per la Luna. Un universo parallelo sereno e autosufficiente.

Il tempo non era una linea che si consumava come una miccia, era un'infinita massa gelatinosa dove tutto fluttuava. Il cibo era qualcosa da condividere. Non necessario.

E lei non aveva bisogno di parlare.

Mentre era lì a fantasticare, una fanciulla in divisa verdina e orecchie da elfo riportò alla sua postazione la ragazza con le folte basette: Letto 2. Era su una sedia a rotelle perché aveva evidenti problemi di equilibrio e deambulazione. Ma Clio già non vedeva che bene intorno a sé e quelle contrazioni fisiche le risultavano più come un'addizione che una sottrazione.

«Ciao» disse la ragazza sollevando la mano.

«Ciao» rispose Clio sorridendo.

Notò che la ragazza aveva una cicatrice che sembrava uno spesso bracciale di cuoio intrecciato sulla testa rasata. Era a forma di C maiuscola.

La parte concava era rivolta verso il basso. Perfettamente incollato. Lo guardò a lungo. E la ragazza si fece guardare. Era il modo per conoscersi in ospedale. Fuori i cani si annusavano l'ano e i genitali, nel nosocomio gli individui si scrutavano le cicatrici. Era quello il biglietto da visita.

«È da parecchio che sono in questa stanza. Ero venuta per un motivo e invece mi hanno trattenuta per un'altra cosa...» Fu costretta a interrompersi perché entrò un piccolo sciame di medici diretto verso il letto di Clio.

Presero a osservarla, a borbottare fra loro. Due uomini, i più anziani, avevano l'espressione del viso palesemente saccente, scocciata, o forse era solo il taglio degli occhi all'ingiù. Le davano le spalle e poi la guardavano, e poi di nuovo le spalle e poi ancora un'occhiata severa. Gli altri quattro invece avevano giovani visi molto attenti e incuriositi. Con occhi bene aperti, annuivano continuamente. Le donne presenti erano truccate. Non si notavano legami particolari fra i sei, ma col tempo Clio imparò che nei corridoi, nei bagni e negli studi ospedalieri accadeva di tutto e i livelli gerarchici si confondevano insieme alle posizioni.

I giovani trovavano ancora il tempo per concedere sorrisi pietosi ai malati. La più carina appuntava delle note sulla cartella.

«Oggi come si sente, Evans? Ah no, Alessandra. No, Clio!» ruppe il brusìo il più giovane.

«Bene» rispose dall'aldilà, pensando a quell'Alessandra, Alexandra, Alessandra...

«Clio è il nome giusto?»

«Sì, Clio è il nome, Alexandra il secondo nome. Evans il cognome» disse seccata.

E l'anziano guidò il nugolo verso il letto accanto. Le parve di udire qualcosa come: "Non crediamo sia sclerosi multipla né meningite, più probabile una placca, uno pseudo-tumore demielinizzante, l'Inglese arriva domani".

Solo da grande Clio sarebbe riuscita ad apprezzare veramente il suo nome, perché da piccina tutti le dicevano che era un maschio, visto che il nome finiva con la O; inoltre era la più alta della classe e aveva i capelli corti – «Così si rinforzano» sosteneva la mamma. Poi, una volta uscita la Clio Renault, per qualche tempo fu felice perché finalmente nei negozi di regali vedeva ogni tanto targhette o portachiavi col suo nome, insieme ai consueti Chiara, Paola, Francesca, Claudia... Ma presto divenne oggetto di battute dementi e anche in contesti formali (dove si presume ci sia un po' di cultura) le persone avevano difficoltà a capire quel cavolo di nome così semplice e comune in Grecia. «Io?», «Lio?», «Elio?», «Clia?», «Lia?», «Clelia?», «Claio?», di tutto le proponevano quando diceva come si chiamava. E nemmeno Alexandra sembrava familiare alla gente. La maggior parte delle volte le persone scrivevano "Alecsandra". E infine qualcuno pensava addirittura che Evans fosse il nome... boh! Ci volle ClioMakeUp per far capire al mondo che Clio poteva essere il nome di una persona, oltre che di qualche gattina. Quando capivano come si chiamava e rispondevano: «Ah! Come quell'attrice, Clio Goldsmith!», lei si sentiva tanto compresa! Ma l'apoteosi pura avveniva quando un essere speciale diceva: «Ah! Un nome greco! Come la musa della Storia!».

La ragazza rimise la cartella clinica ai piedi del letto e le sfiorò affettuosamente l'alluce attraverso il lenzuolo.
«Scusa, che c'ho?» le domandò Clio serena.
«Come?» rispose la tirocinante.
«Che c'ho? Perché sto qui?»
«Be'...»
«Qual è il problema?»
«Mah... ha una piccola cistina.» Sbrigativa.
«No, lo so che in genere i medici non dicono la verità per tutelarci, però a me ditela, per favore. Sono forte, mi sento bene. Non sono come gli altri. Davvero ditemi che c'ho» riprese sicura di sé.
«Gliel'ho detto, una piccola cistina.»
«Allora perché sono ancora qua? Che tipo di cisti è? Che farete?»
«È una piccola cisti dentro la testa che dobbiamo asportare, stai tranquilla. C'è una lunga lista d'interventi e ti inseriremo al più presto» concluse dandole del "tu", e si affrettò a raggiungere i colleghi.
Clio rimase impassibile mentre la vedeva sparire dietro la porta.
Quando i dottori erano davanti agli altri pazienti sembravano sereni e leggeri, come se raccontassero barzellette.

Continuava a guardarli per decifrarne i gesti, il labiale, i movimenti. Capiva poco. Anzi non capiva niente, perché erano bravissimi a dissimulare. Neutrali, come arbitri che sanno di essere intercettati. Durante quelle visite nello stanzone non era permesso entrare. Era il momento più importante delle ventiquattr'ore.

10
Giovinezza: qui e ora

Atene, 21 agosto 2003

Si vive discretamente fino a quando non si è a contatto col dolore. Banale forse, ma vero. Ogni giorno lo si dimentica perché distratti da mille altre cose. È questa la società contemporanea: oblio intermittente propinato come bisogno primario. Quando la vita ti sbatte in faccia la realtà, però, è inevitabile soffrire. Trovarsi su un peschereccio giapponese mentre un ferro taglia il ventre gestante dell'ennesima balena; sentire i guaiti di un cane che viene bollito per il mercato cinese; vedere un orco indiano accecare con olio rovente un bambino della casta più bassa per farlo unire ai suoi mendicanti; assistere allo stupro di gruppo di cinque soldati americani accaniti contro una rifugiata; testimoniare la lapidazione di una donna saudita per presunto adulterio; tenere la manina gracile di un bimbo yemenita che piano piano muore di fame; toccare le gambe legnose di una mucca costretta ad allattare una macchina; scorgere una vecchietta che fruga nei bidoni della spazzatura mentre il marito pieno di sé l'aspetta a casa. Sono tutte cose che fanno male. E quante altre ne accadono in ogni istante? Se si guardassero questi eventi da vicino, annusandone persino gli odori, che cosa si proverebbe? Sarebbe uguale la nostra vita?

Per fortuna il destino delle cinque ragazze aveva deciso di tenerle lontano da tutto questo ancora per un po'.

Ad accogliere Clio e Martina sotto casa c'erano già le altre tre schizzate che si erano fatte un giro fichissimo. Il loro taxista, Iannis, prima di arrivare aveva fatto in tempo ad allungare il tragitto fino al lago di Vouliagmeni. Leggenda narra che chiunque abbia tentato di toccarne il fondo non sia più riuscito a risalire. Lo videro solo dall'alto ma fu comunque carino. E così Anna, Francesca e Sofia non solo erano arrivate prima, ma si erano anche già ambientate e avevano comprato un po' di birre e patatine al periptero. C'era un'atmosfera piacevole, faceva caldo.
Entrarono tutte nell'abitazione e brindarono alla Grecia. Le altre continuavano a guardarsi attorno, ad annusare i fiori in veranda, a fare la pipì con la porta aperta, a confrontarsi i seni nudi allo specchio e intanto bevevano e fumavano sigarette. Sofia aveva acceso il vecchio stereo in salone ed era riuscita a sintonizzarsi su una stazione techno.

«Siamo in Greciaaa!» disse ad alta voce Francesca.

«Daiii!» accentuò Sofia con un sorriso a trentadue denti.

«Io sotto ho il costume, usciamo?» chiese Anna.

«Dai, Marti, mettiamoci il costume» ordinò Clio.

«Vieni! Dai, su, non perdiamo altro tempo. Birra alla mano e giù alla goccia. Siamo venute qua per divertirci, o no? Daje!» esultò Sofia.

Martina sopraggiunse dal bagno, prese una birra già aperta sul tavolo e tutte in cerchio buttarono giù quelle Mythos fino a farsi diventare gli occhi lucidi e il naso rosso e conclusero con un sonoro rutto collettivo.

Senza accorgersene, le birre si moltiplicarono, le sigarette si trasformarono in cannoni e le risate rimbalzarono in salone. Il mondo fuori poteva aspettare, perché tutto quello di cui avevano bisogno era là dentro. La giovinezza, la spensieratezza, quel senso d'immortalità e i loro cinque sorrisi umidi. Amicizia allo stato puro. Mani nelle mani, corpi senza cicatrici, capelli folti e un'infinità di cazzate fomentate da alcol e fumo. Quella era la vera vacanza. Stare insieme. Se solo avessero saputo che quei momenti non sarebbero più tornati. Se per un istante fossero riuscite a visualizzarsi vent'anni dopo... quanto ne avrebbero goduto di più.

Ma il punto è proprio questo: la giovinezza equivale al qui e ora.

Come tante altre volte si scordarono dove fossero. Potevano essere ovunque. Non vedevano al di là di quel cerchio nebuloso. Solo gli addominali che dolevano dal troppo ridere ricordarono loro che erano sedute a terra in un salone greco da tre ore e che di lì a breve sarebbero dovute uscire per cena, perché in fin dei conti era la loro prima sera di vacanza.

Souvlaki con gyros di pollo e di maiale, tzatziki, pita extra, patatine fritte, koriatiki, saganàki, taramosalàta, melitzanosalata, kolokithokeftèdes, moussakà, pasticcio... ordinarono di tutto allo smemorato cameriere. Anche quattro polpette di carne e una porzione extra di feta. Ah! Anche un po' di marouli, perché il verde non deve mai mancare. E quanto al bere, proseguirono con la birra. E una volta arrivato il cibo, per dieci minuti a tavola regnò il silenzio assoluto. Il fatto che fossero in Grecia per rimorchiare passò in secondo, terzo, quarto piano. L'estetica divenne una teoria ancora sconosciuta e l'eleganza qualcosa che apparteneva a un'altra specie. Si tramutarono in cinque porci. S'ingozzarono, scambiandosi di tanto in tanto sguardi goduriosi. Palpebre a mezz'asta e sopracciglia leggermente alzate. Le dita unte d'olio strisciavano sulla tovaglia di carta. L'origano e il sale s'infilavano nelle unghie. Maionese e ketchup insudiciavano i tovaglioli ancora puliti. Gobbe, con i gomiti appoggiati ai lati del piatto. Le gambe storte sotto il tavolo. Talloni fuori dalle scarpe. Gli angoli della bocca pieni di crema bianca che la lingua andava golosa a riprendersi. I bicchieri di birra scivolavano fra le mani da quanto erano oliati. E qualche piccolo rutto gratificava da lontano lo chef più lurido di loro. Quella prima cena ellenica fu meglio di una scopata, per tutte. Nessuna esclusa.

11
Creare

Roma, 4 settembre 2003, pomeriggio

I risultati della risonanza ribadirono l'esistenza di qualcosa di anomalo e la certezza immediata di dover intervenire chirurgicamente per asportarlo.

> L'esame Rm, eseguito con tecnica Se, Tse, a immagini pesate in T1, T2, Flair, dello spessore di mm 5 secondo piani sagittali, assiali e coronali, ha dimostrato:
> Si conferma la presenza di una grossolana area di alterato segnale in sede temporo-parietale dx, iperintensa in T2, ipointensa in T1, e modicamente iperintensa in Flair, come per componente fluida molto densa. Modesto edema perilesionale.
> Dopo Mdc si rileva uno sfumato cercine di enhancement, analogamente a quanto documentato alla Tc, più evidente sul versante inferiore e mediale della formazione. La lesione descritta determina segni di compressione sul ventricolo laterale omologo, con lieve spostamento a sinistra delle strutture mediane.

Tutte informazioni che eccitavano i medici come secchioni davanti al compito di latino. Subito si atteggiavano nel proporre la strategia migliore secondo il proprio *modus operandi*, garantito da lunghissimi curricula. Un capo, nel gruppo di esperti che avrebbe aperto il cranio della ragazza, era stato già nominato, quindi bisognava seguire le sue istruzioni senza battere ciglio. L'intervento era stato fissato per la mattina del 9, salvo cause di forza maggiore. Per esempio un'emergenza esterna che avrebbe impegnato la sala operatoria e lo staff.

Nanda non riusciva a stare più di tanto in ospedale. Nei giorni seguenti venne a trovarla anche al pomeriggio, ma ogni volta andava via subito. Era inutile stare lì a soffrire.

Il fratello era tornato con la compagna di turno nell'attesa che arrivassero i genitori. Una preoccupazione latente aveva velocizzato l'incontro parente-paziente. Ma si accontentarono entrambi. Tanto era quello il loro rapporto. Convenevoli. Cristallo delicatissimo. Non riuscivano a esternare come si deve l'affetto reciproco. Erano stati fedelissimi alleati da piccini. Una coppia indissolubile e imbattibile, ma a un certo punto, su insistenza del papà, lui fu mandato in collegio in Inghilterra e lì cominciò ad aprirsi una crepa. La delicata adolescenza vide qualcosa d'ingiusto in quel distacco formativo e l'immaturità dell'età non seppe sanare le mancanze reciproche. Infine, dopo la prima fidanzata, in lui non ci fu più posto. La donna, nel senso assoluto del termine, lo aveva preso tutto.

Clio dovette farsene una ragione, pur vivendolo come un abbandono.

Una sensazione che era diventata la sua ombra e la sua guida, quella dell'abbandono. Ma non dipese certamente solo dal fratello maggiore. Era convinta di essere un peso per il mondo intero. Stava esclusivamente con persone che la cercavano. Doveva sentirsi voluta, amata e desiderata per stare con qualcuno. Non era mai lei a cercare. Non parlava delle sue emozioni. Non ci riusciva. Si vergognava. Non esprimeva il disagio che provava e la prima a risentirne era naturalmente lei. A chi mai poteva interessare il senso d'inadeguatezza che sentiva in mezzo agli altri? Quando beveva e fumava riusciva a stare con la gente, a divertirsi e a far divertire. Ma se la s'incontrava in un momento qualunque della giornata, più verso sera, quando ancora non aveva toccato una goccia di alcol, bastava guardarla negli occhi per venticinque secondi e scorgere lo tsunami che sarebbe uscito di lì a poco. Una tristezza infinita. Un dramma viveva dentro di lei. Non voleva vedere nessuno se non era pronta. Temeva che gli altri potessero scoprire quel malessere come una piaga contagiosa da cui star lontani.

L'intestino era il principale "transfert" dello stato emotivo che in quel momento l'attraversava. Per questo a volte si bloccava per giorni. Lei proprio non ci riusciva. Stava sul cesso di casa e provava un profondo senso d'imbarazzo come se stesse in mezzo alla piazza del paese. Andava a leggere articoli circa la "stitichezza", una parola familiare sin da piccola, e imparava che chi ne soffre ha paura degli altri. Non riesce a lasciarsi andare. Cerca di trattenere l'unica cosa su cui può avere il minimo controllo perché tutto il resto sfugge.

Allora si sforzava di pensare a quello che le aveva detto una volta Sofia: «Tesoro, quando sei sulla tazza, rilassati. Crea… Crea. Quello è il tuo momento per creare!».

12
Game over

Vouliagmeni, 22 agosto 2003

La giornata era splendida. Profumo di gelsomino ovunque. Sole caldo. Muscoli rilassati. Fecero un'industriale prima colazione a base di croissant confezionati e caffè. Scelsero i bikini più belli, con lo slippino che s'infilava nel sedere. Poi andarono al mare, a cinquecento metri da casa. Davano un'importanza esagerata alla svestizione per rimanere in costume da bagno. Credevano al colpo di fulmine, quindi come una tempesta incandescente dovevano lasciare il segno ai maschi che transitavano sulla spiaggia. Prima o poi qualcuno sarebbe tornato a farsi medicare le bruciature! Si spogliarono a rallentatore, ma non accadde nulla. Nessuno si avvicinò. Così decisero di bagnarsi. Forse le goccioline sulle cosce avrebbero risvegliato l'ambito testosterone.

L'acqua era ghiacciata, pulita e trasparente. Potevano reciprocamente guardarsi i diversi colori di smalto sulle unghie dei piedi nitidamente. Nuotavano un po' e poi si stendevano con le chiappe all'aria in fila sul bagnasciuga a contemplare le minuscole conchigliette e, quando meritava, anche qualche forzuto greco. Sentivano i grossi granelli di sabbia spingere sul pube e la sensazione aveva l'effetto della caffeina. Per fortuna in quel punto di Vouliagmeni i sassi lasciavano spazio anche alla morbida sabbiolina.

Più tardi nel pomeriggio si accomodarono al Flò Cafè per bere anzitutto l'acqua fresca, che i camerieri portavano a tavola in gocciolanti brocche appena ci si sedeva, e poi una serie di bevande zuccherate a base di caffè. Ne andavano pazze. Freddoccino, Freddo Cappuccino, Freddo Espresso, *sketos, metrios, glikos*, con caramello, panna, sciroppo e via dicendo. Bibitoni ipercalorici in grado di placare la fame per un paio d'ore. Suscitavano spesso l'invidia delle cameriere per come si divertivano, fregandosene del resto del mondo. Ridevano così tanto che non notavano nient'altro. Clio e Martina erano le sentinelle addette all'avvistamento di gruppi di maschi single. Quando li beccavano facevano il segnale e le altre si davano un tono.

Quel pomeriggio accadde che passò di lì una sexy squadra di pallanuoto. Erano circa una decina. Uno più bono dell'altro. Alti. Muscolosi al punto giusto. Pelosi. Giovani. Abbronzati. Apparentemente sani. Sorridenti. Insomma, veri e propri bocconcini da gustare. E come per magia le cinque femmine divennero tigri del Bengala, aguzzarono la vista e si misero appiccicosi lucidalabbra. Non si scampava all'attacco. La strategia era sempre la stessa: lanciavano sguardi ammiccanti a due o tre, e in pochi minuti il gruppo si avvicinava per offrire da bere. Il metodo più elementare del mondo. I poveretti erano convinti di aver preso l'iniziativa o di avere qualche potere decisionale. Tale condizione li rendeva ancora più sexy.

Dopo qualche chiacchiera si spostarono nella piazzetta, vicino al periptero. Un quadrato di due metri per due dotato di qualsiasi cosa: da gomme da masticare a riviste, da preservativi a bevande, manette, snack, gelati e souvenir. Un omino all'interno sporgeva la testa solo per riscuotere il denaro. In genere si fidava della gente, ma spesso controllava attraverso degli specchi messi in maniera da vedere anche il retro e i lati del minuscolo negozio. Le fanciulle presero dai frigoriferi esterni delle birre ghiacciate. Cosa che stupì i ragazzi, abituati a una forma di corteggiamento-ubriacatura più graduale e impegnativa. Le birre o altre bevande alcoliche si bevevano seduti in comode poltrone dentro bei locali con l'accompagnamento di musica, olive e sfaldate noccioline. In genere ci voleva più tempo e più denaro per sbronzarsi. Invece alle italiane piaceva divertirsi senza mezzi termini, con poche cerimonie e spesso anche con pochi soldi. Si ubriacavano addirittura da sole! Erano contenti e prevedevano di fare centro di lì a poco.

Passarono una bella serata. Tipica di un gruppo di giovani qualunque. Appena arrivate nei dintorni della discoteca, su iniziativa di Clio ovviamente, le ragazze si sdraiarono per qualche secondo sulle strisce pedonali. Avevano bisogno di osare, sentirsi vive e spingersi fino ai limiti. Mute come pesci, si alzavano solo quando sentivano un motore avvicinarsi. Vinceva chi si muoveva per ultima. Rialzandosi, Sofia inciampò rischiando di farsi mettere sotto da una macchina sfrecciante. Ebbero paura ma lo avrebbero rifatto ugualmente. Incoscienti. Giovani incoscienti.

Francesca nell'arco della serata baciò due ragazzi, scegliendo ogni volta una postura e una location da film. Le piaceva farsi guardare mentre slinguazzava. Baciava in modo che la lingua appuntita fosse sempre ben visibile. Assomigliava alla linguetta dei rospi che esce solo per accaparrarsi la preda. Era ridicola. E le piaceva creare intrallazzi. Con uno pomiciò sopra un cubo illuminato da un faro rosa in una posa plastica, mentre la ragazza che ballava le dava delle gomitate. Con un altro pomiciò accanto al bancone del bar con la vista mare alle spalle e i capelli mossi dal vento.

Sofia invece non riuscì a scambiarsi germi con nessuno. Quella sera aveva deciso di non mettere le mutandine sotto al vestitino cortissimo. Le piaceva da matti stimolare le fantasie altrui. Purtroppo però a un certo punto le vennero le benedette mestruazioni. Un casino. Il primo flusso di sangue venne trattenuto dalle cosce pronte, ma la strada e la fila per arrivare al bagno della discoteca stracolma resero tutto complicatissimo e le fecero giurare di non uscire mai più senza mutande, come insegnava la mamma. Anna le camminava dietro per coprirla e comunque c'era così tanta gente che qualsiasi striatura rossa si sarebbe confusa con le luci stroboscopiche. Solo la sensazione di perdita era tremenda. Tartassarono tutte le ragazze che incrociarono per un Tampax, che col filetto bianco penzoloni non sarebbe stato proprio il massimo, ma... meglio di niente. Una spagnola le diede addirittura una cannuccia: aveva frainteso il gesto con la mano. Finalmente, dopo un'infinità di «no» e di incomprensioni linguistiche, arrivò l'oggettino salvavita. Riuscirono a saltare la fila e s'intrufolarono nel bagno lercio. Anna l'aiutava a sorreggersi per non toccare i muri sporchi e Sofia, con un fazzoletto racimolato da una greca, si puliva al meglio che poteva l'interno coscia. Uffa, che disastro! Poco prima dell'inattesa scoperta aveva persino adocchiato uno che le piaceva, ma non era il caso di approfondire la conoscenza in quelle condizioni... Anche se Sofia tendeva a prendere le cose con una certa pesantezza, si resero conto di quanto erano cretine e, dopo che s'infilò il batuffolo d'ovatta, si fecero un sacco di risate. Erano decisamente ubriache.

Clio e Martina ballavano con i ragazzi e gliela facevano annusare da brave profumiere. Di tanto in tanto buttavano giù shottini di Tequila e, per sedurre chi glieli offriva, ballavano strusciandosi in atteggiamenti vagamente saffici. Erano le numero uno in quello. I ragazzi della pallanuoto, impalati nei loro muscoli, le guardavano con la bava alla bocca e continuavano a bere sperando di acquistare coraggio per baciarle. Ma niente, troppo educati. Per i pallanuotisti ci fu un nitido due di picche e, quando Sofia e Anna tornarono dal bagno leggermente sollevate, chiesero di essere riaccompagnate a casa. Controvoglia rientrarono tutte, perché la regola prevedeva che restassero sempre e comunque unite.

Game over per tutti.

13

The dream

Roma, 7 settembre 2003

Le ragazze bivaccavano all'esterno del padiglione B. Sì, perché la memorabile vacanza in Grecia ormai era finita e tutte insieme avevano fatto rientro a bordo del consueto Boeing 737. Nulla avrebbe fatto presagire quel triste ricovero. Nemmeno la febbre alta che Clio ebbe per due giorni prima di rientrare. Dolore all'orecchio e temperature alte per loro potevano essere solo otite. Fino all'ultimo Clio tenne botta per evitare di appesantire il gruppo, ma aveva smesso di gioire come prima. Una volta a casa ebbe il declino che la costrinse a chiamare l'emergenza.

Adesso non capivano cosa stesse succedendo. Una di loro era bloccata in un letto d'ospedale. Forse per la prima volta rifletterono sul fatto di non essere immortali, come avevano creduto fino a qualche settimana prima.

Una sorta di adolescenziale non accettazione camuffava la tragedia come un semplice avvenimento da affrontare insieme, una specie di esame di maturità. Nonostante la sottile membrana di pessimismo che poggiava su corpo, anima e cervello delle fanciulle, «Andrà tutto bene» si ripetevano l'un l'altra. Giocavano a carte, evitavano di guardarsi negli occhi e di tanto in tanto si passavano fra le mani una cannetta. Senza Clio, ogni cosa era ridimensionata e piano

piano l'eccesso stava lasciando spazio alla moderazione e a un ancestrale senso di dolore condiviso.

Avevano creato fuori dalle finestre di quell'ospedale una zona familiare. Una specie di seconda casa e, senza che Clio lo capisse, passavano gran parte del tempo a pochi metri da lei. Chiacchieravano a voce bassa. Anna e Francesca pregavano insieme e quando avevano notizie le commentavano come infermiere in pensione.

Il punto di aggregazione era uno squallido distributore di caffè e merendine proprio all'ingresso dell'edificio malmesso. Sembrava vecchio il San Filippo Neri, con uno sporco incrostato che nemmeno la più famosa candeggina avrebbe rimosso. Quella macchinetta invece era il tocco di classe. Per tutti rappresentava un po' il Caffè Greco di via Condotti. Che lusso per chi ha la bocca amara godersi una piccola bevanda sintetica con lo zucchero di piombo! Medici sempre di corsa, terrorizzati dalle domande della gente, operatori sanitari cazzoni e pazienti in pantofole facevano la fila insieme per concedersi un momento di svago e parlare di qualsiasi cosa che li distogliesse dai soliti argomenti che bombardavano la testa: cure, malattie, morte.

I primi due giorni erano trascorsi praticamente uguali. Sveglia. Prelievo. Termometro. Colazione. Cornetto di Nanda. Bagno. Letto. Visita dei medici. Esami. Attese. Visita delle amiche e del fratello. E finalmente il terzo giorno ci fu il tanto atteso arrivo dei genitori esausti, tristi e increduli.

Quando la mamma entrò come una furia nello stanzone, mentre il padre stava cercando parcheggio nell'ospedale costantemente pieno di macchine, vide Clio e pensò a una divinità greca. Era abbronzata, aveva il lenzuolo a metà corpo con la gamba scoperta che pendeva dal letto e tutti i capelli allargati sul cuscino. La mamma sussurrò con gli occhi sgranati: «Come ho fatto a fare una figlia così bella?!». La salutò fingendosi tranquilla e una volta in corridoio ebbe un malore e cadde sulle ginocchia. Fu soccorsa dai medici.

Non era nulla di grave. L'adrenalina del viaggio era finita e una sensazione paurosa l'aveva tirata a terra.
Fu rimessa in piedi. Bevve un ottimo caffè italiano che l'aiutò a restare in equilibrio e, aspettando il marito, in una stanza cominciò la trafila di colloqui con i dottori.
La data prefissata per l'intervento si stava avvicinando. L'Inglese era arrivato: i medici lo aspettavano per le operazioni più particolari, mentre le infermiere per coccolarselo come un peluche. Gli facevano sempre regalini di bentornato. Un neurochirurgo d'eccellenza, giovane, alto, occhi azzurri, elegante nei modi, con un lievissimo accento inglese. La specializzazione in Neurochirurgia l'aveva conseguita in Italia e aveva imparato a parlare bene l'italiano ma, come molti anglosassoni, non aveva perso l'accento d'origine. Quando camminava negli asettici corridoi lasciava dietro di sé un alone profumato e rassicurante. Aveva spalle larghe e un bel portamento. Parlava scandendo attentamente le parole per accertarsi di venire capito, a differenza di molti medici italiani che sbiascicavano termini complessi e inconsueti dando per scontata la comprensione da parte del malcapitato malato. Il suo modo di articolare le parole faceva muovere le labbra in modo accattivante. Ti guardava dritto negli occhi senza imbarazzo e dava l'idea di essere molto sicuro di sé. Le donne cadevano letteralmente ai suoi piedi. Le ciglia, le sopracciglia, le basette e i capelli castani appoggiati sulla fronte lo adornavano d'ingenuità. Aveva una manciata di lentiggini sparse sul naso drittissimo. Le narici piccole e rotonde facevano pensare a un ottimo olfatto. Le labbra parevano disegnate, con quelle di sotto più carnose. Poco sopra il pomo d'Adamo aveva sempre un po' di rossore, forse erano le lamette del rasoio italiano. A grandi e piccine veniva voglia di baciare quegli eritemi. Il fatto che un uomo tanto bello fosse in grado di salvare vite umane lo rendeva irresistibile. Chiunque lo avrebbe voluto al proprio fianco. Incarnava l'oggetto del desiderio maschile e femminile in assoluto. Lui lo sapeva e si crogiolava in quella sensazione. Quando prendeva il caffè al bar

dell'ospedale ne pagava in anticipo almeno quattro, perché qualcuno si accodava sempre e lo inorgogliva dire ad alta voce e con gli occhi addosso: «Già faro!».

Clio dormiva mentre l'Inglese teneva le mani appoggiate al bordo del letto e confabulava con l'anziano medico che gli era di fronte riguardo al punto esatto in cui fare l'incisione. I bassi della voce la cullavano nel sonno trasportandola in un piacevole sogno: camminava verso un altare accanto all'uomo della sua vita. Erano su una spiaggia rosa e si avvicinava l'ora del tramonto. C'erano delle sedie bianche rivestite di morbida stoffa su cui sedevano una decina d'invitati e lei indossava un abito color avorio che le esaltava il punto vita e si allargava in una gonna svasata. Aveva delle piccole calle in cerchio che le decoravano lo chignon morbido e non portava né orecchini né altri accessori. Fiori sparsi rendevano magica l'atmosfera. Il suo futuro marito stava celebrando la messa da solo, senza l'ausilio di un prete. Aveva un profumo confortante. E mentre Clio aspettava la fatidica frase "Ora ci dichiariamo marito e moglie", seguita dal bacio sulle labbra, lui le accarezzò i capelli e rimase fermo con la mano pesante sulla testa. Era imbarazzata dal gesto quasi paterno in una situazione tanto romantica e fece per scostargli delicatamente la mano, ma una mosca le si appoggiò sugli occhi che batté due tre volte, per poi rendersi conto a malincuore di essere in ospedale e non alle Maldive. L'Inglese le stava spostando i capelli per indicare l'area da incidere. L'odore della mano sapeva di pulito e di maschio. Quella mano le sembrò enorme e richiuse le palpebre sperando che si spingesse ad accarezzarle guance e orecchio.

«Clio ci sei svegliacia?» le chiese a bassa voce.

Ma lei tacque assorta nella fantasia. Senza conoscerne la persona sperava che quei polpastrelli le percorressero il viso fino a scendere sulle spalle, così restò immobile nell'attesa.

Finalmente cominciò a toccarle i piedi sopra il lenzuolo. La accarezzava con movimenti lenti e docili, come farebbe un non vedente che vuole capire come sei fatto. Era bellissimo e se lo lasciava fare con grande piacere. Lentamente le due mani circondussero le caviglie per salire e stringere i polpacci. Era magnifico... e Clio stava cominciando a provare una lieve eccitazione. Chi era quell'uomo fantastico che osava toccarla in quel modo senza che lei opponesse resistenza? Se lo sconosciuto si fosse spinto oltre, sarebbe stata pronta a fare l'amore in quel letto senza spazio né tempo, e la voglia di averlo divenne tale che allungò la mano per toccarlo. Aveva ancora gli occhi chiusi quando la mano vagò nell'aria cercando un lembo del fisico estraneo. Si toccarono e Clio si allungò a cingergli il collo. Sollevò poco la testa ma una voce ruppe l'idillio.

«Tesoro, non ti muovere, resta giù» disse dolcemente una femmina.

Aprì gli occhi e ci mise del tempo a capire. «A... Anna sei tu?» domandò perplessa.

«Sì, tesoro mio, ti sto massaggiando da un po'. Non volevo svegliarti. Sembravi così serena nel sonno» disse piena d'amore.

Non parlò subito. La guardò con dispiacere accennando un sorriso. Non si vergognò di aver desiderato sessualmente la sua migliore amica, ma preferì custodire per sé quell'istinto appena sfumato.

«Le altre sono fuori. Ci fanno entrare una alla volta per adesso perché c'è confusione in reparto. Domani possiamo entrare insieme. Ti mandano tanti baci... L'orario di visita è finito... ora andiamo via. Tu hai bisogno di riposare» disse, mentre la paziente annuiva. «Continua a stare tranquilla che noi ti siamo vicine e domani torniamo prima dell'intervento, va bene, tesoro?»

«Ok» acconsentì Clio, e chiuse gli occhi per tornare nel sogno. Voleva concentrarsi sui suoi sensi. Era convinta di raggiungere l'orgasmo anche senza l'autostimolazione.

14

La quarta dimensione

Atene, 23 agosto 2003

Martina era la più acculturata o comunque la più dedita allo studio e ogni volta spronava il gruppo a seguirla in visite a musei e monumenti. Si comportava esattamente come una tour leader con tanto di carte geografiche e dépliant. Quella mattina sarebbero andate a visitare il Partenone. Erano un po' acciaccate dall'alcol della sera prima, ma bastarono delle pesche e qualche koulouri per rimetterle al mondo. Presero l'autobus fino al centro di Atene, decisamente più conveniente di due taxi, e prima di salire, insieme ai biglietti, comprarono cinque lattine di espresso freddo Nestlè, sempre dal periptero, che era la tappa fissa per sigarette, filtri e cartine.

Chi seduta, chi appesa alla maniglia come un sacco di patate, tutte avevano gli occhi sognanti rivolti verso l'orizzonte blu. Nonostante la grande amicizia che le legava – che in genere omologa persone nate da uteri diversi, tanto che avevano il ciclo (quasi) lo stesso giorno – custodivano cinque differenti segreti nel cassetto. Il sole accecante puntinava il mare di scaglie argentate. E qualcosa, nella pulizia delle strade e nella lentezza della gente, fece capire loro che sarebbero andate lontano nella vita. Le famiglie disordinate da cui provenivano consentirono di cercare l'equilibrio nella leggerezza di quell'amicizia. Le vacanze insieme significavano cementare le basi per un futuro roseo, dato che i nuclei originari erano visti invece come sabbie mobili da cui allontanarsi: ognuna aveva avuto le proprie mancanze.

Anna in cuor suo desiderava aprire una galleria d'arte, anche se per far felici i genitori si stava avventurando nella facoltà di Economia. Martina studiava Ingegneria biomedica e progettava un futuro pieno di protesi. Sofia era una videomaker, amante di videoclip musicali e, se non fosse riuscita in quel settore, sarebbe diventata una chef. Aveva un'infinità d'idee. Francesca invece aveva appena finito di scrivere il suo centesimo articolo. Benché i temi vertessero in gran parte sulla scia più becera della cronaca rosa, era certa che sarebbe diventata la nuova Gruber. A modo loro si davano da fare e non pensavano che le parentesi estive nell'arco di qualche altra stagione sarebbero terminate. Come il mercurio scisso, appena le circostanze lo permettevano, si riunivano più forti di prima e il termometro della vita tornava a essere caldo. Solo Clio, che non smetteva di ricevere attestati per i mille corsi che frequentava, non aveva le idee molto chiare. Troppi sogni mischiati a una limitante autocritica…

Sul mezzo di trasporto il calore metteva voglia di doccia fredda, ma cercarono di non pensarci e restarono unte e appiccicose fino ad arrivare a piazza Syntagma. Davanti al monumento del milite ignoto gli euzoni avevano appena iniziato il cambio della guardia, così le fanciulle scesero dal bus correndo e andarono a vederli da vicino. Mentre li fotografavano, pensavano all'assurdità di quegli slanci così alti, quasi da ginnaste, e a ogni passo tiravano un sospiro di sollievo convinte che quelle goffe scarpe ponponnate prima o poi li avrebbero fatti inciampare col muso a terra. Andò tutto bene!

Finito lo spettacolo, si diressero verso Ermoù, guardando i negozi e comprando di tanto in tanto gelati e cioccolata. Clio, come al solito, osservava attenta la folla e riusciva a beccare qualche zingara ladra camuffata da signorina per bene. Odiava i ladri. Li considerava la categoria peggiore esistente sulla Terra. A Monastiraki, una piazzetta ai piedi dell'Acropoli, c'era gente di ogni sorta ed emergeva anche un triste degrado. Turisti di tutte le razze, africani con bonghi a rievocare nostalgici ritmi di casa, greci con bancarelle colme di frutta e articoli vari, uomini e donne sopraffatti dalla vita, facce segnate che si erano trovate a tu per tu con la morte. C'era veramente di tutto.

Nel quartiere di Plaka le ragazze si persero a guardare i negozietti che accompagnavano l'antica stradina in salita. Che bellezza! C'era qualsiasi cosa: dall'oggetto più sciocco per imbambolare i turisti a quintali di mastixa lavorata in ogni modo, dall'olio d'oliva a un negozio d'estetica dove potevi fare la pedicure immergendo i piedi in vasche piene d'ingordi pesciolini. Non avevano mai sentito parlare dell'ittioterapia, ne erano incuriosite ma non ebbero il coraggio di farsi mangiucchiare da minuscoli animali. In compenso ordinarono un "souvlaki gyros" ciascuna, stracolmo di maiale, pollo, pomodoro, cipolla, patatine e tzatziki in uno degli ultimi ristorantini in cima alla strada. In quei momenti le papille gustative toccavano le vette più alte e loro si sentivano al centro del mondo. Godendo, proseguirono la lenta camminata verso uno dei più grandi monumenti culturali del mondo.

Fra un chiosco e l'altro avevano mischiato Mythos, Alpha e Retsina, perciò, oltre che da un gran caldo, furono prese da un leggero senso di onnipotenza. C'erano degli enormi massi levigati dai secoli davanti alla soglia della maestosa spianata dove si ergeva il tempio dedicato alla dea Atena e loro decisero di sdraiarvisi sopra per fare qualche foto ricordo. Arrivò una ragazza in una sudata divisa blu e le ammonì di togliersi subito di là. Era vietato profanare le rocce così ben conservate. All'inizio fecero finta di non capire, ma poi obbedirono ridendo sotto i baffi, letteralmente. Ognuna aveva una sottile striatura di peluria sotto il naso, Anna più di tutte.

Era gigantesco, il Partenone, e sembrava fosse stato posato lì dagli UFO da qualche giorno. Invece era stato costruito da instancabili uomini più di duemila anni prima. Clio non riusciva proprio a immaginarselo a colori. Invece, chiudendo gli occhi, sentiva i suoni e i rumori che vi avevano aleggiato intorno. "Quanta gente deve averlo attraversato nel corso dei secoli, quante anime perse ancora vi volano in mezzo. Quanti matrimoni devono essere stati promessi proprio lì. Quanti individui hanno concluso affari importanti camminandovi dentro. E ora è solo polvere dimenticata" pensava.

Il fatto che la vita, passionalmente vissuta, finisse con il nulla la lasciava intimamente perplessa. Nascere per poi morire e abbandonare tutto, come prevede il ciclo della vita, era la cosa che faticava maggiormente ad accettare.

Confidava nella saggezza della vecchiaia per comprendere quel gioco inspiegabile. Sperava che quando avrebbe esalato l'ultimo respiro sarebbe stata così stanca ma così stanca che avrebbe solo desiderato chiudere gli occhi e non aprirli più.

Sì, la stanchezza l'avrebbe salvata, ne era certa.

Si chiedeva come fosse possibile che le emozioni, i sentimenti, i sogni, i contatti, i rapporti e anche le costruzioni, perché no?, di un individuo (o meglio della maggior parte degli individui) con la morte sparissero in un buco nero. Come se non fossero mai esistiti. Se si soffermava sul concetto, si perdeva nel vuoto, corrugava la fronte e rimaneva così finché qualcuno non la richiamava alla realtà. Si astraeva. Restando immobile forse lei stessa s'illudeva che un algoritmo magnetico s'imprimesse nella quarta dimensione per l'eternità. E creasse dove ora era lei una sagoma invisibile su cui imbattersi senza poterla trapassare, che rimanesse per sempre... nei secoli dei secoli proprio nel punto più alto, vicino a dove regnava sovrana la bandiera greca.

«Vieni, Clio! Facciamoci la foto col panorama!» urlò Francesca.

«*Excuse me, can you take a picture?*» chiese Anna a un padre di famiglia che aveva appena consegnato il biberon alla moglie bionda pronta a far mangiare il pupo.

Accennò uno *"yes"* con la testa ma non emise suono. Fece due passi indietro e aspettò che le ragazze si sistemassero. Subito si abbracciarono all'altezza dei fianchi. Ridevano e si guardavano il viso a cercare difetti, caccole e cibo tra i denti. C'era molta gente su quel davanzale antico, intenta a fare la stessa identica foto per portarla dentro le proprie case in chissà quale parte del mondo. Gomitata di qua, gomitata di là, attesero ancora qualche secondo che il set fosse pronto e si misero nella posa più sexy possibile immaginabile, tanto che la moglie dell'improvvisato fotografo fece una smorfia di disgusto. Dopo lo scatto l'uomo, che invece nascondeva un sorriso, riconsegnò la macchinetta ad Anna e tornò al suo nido, baciando sulle labbra la moglie e accarezzando i capelli del bimbo.

Passarono una bella giornata e ringraziarono Martina perché le spronava sempre a fare visite culturali. Certo, prima di muoversi, le facevano la "vita nera": lamentele, idee su cose alternative da fare, lentezza e ritardi nell'uscire, ma poi categoricamente si divertivano e si dicevano pronte a fare altre gite del genere. Almeno negli album, oltre alle solite cavolate, si potevano vedere foto interessanti.

Nel tardo pomeriggio si fecero vivi i ragazzi della pallanuoto e proposero loro un giro a Glyfada. Sarebbero venuti con due o tre macchine verso le dieci, ma alle nove e mezzo erano già sotto casa.

Tra profumi, deodoranti, lacche, dentifrici e smalti l'appartamento era un tripudio di svampate chimiche che pizzicavano il naso. Le ragazze scesero alle dieci e mezzo in tutto il loro sensuale splendore: tacchi alti, gonne corte, capelli umidi e occhi truccati di nero. I ragazzi, un po' più di cinque (per dare loro la possibilità di scegliere), rimasero stupiti, ma non lo diedero a vedere, e le divisero fra le tre macchine piene di birra e canne fumanti e ancora da rollare. Si prospettava una serata animata.

Passeggiavano, ridevano e scherzavano nel centro di Glyfada. Si erano presi più confidenza e con qualcuna di loro camminavano a braccetto. Erano quelli che sarebbero andati in bianco perché troppo amici. Poveri, ancora non conoscevano il destino "da migliore amico" che li avrebbe accompagnati per il resto della vita. Alle ragazze non piacevano i tipi così, i simpaticoni, preferivano quelli di poche parole che nascondevano un mistero, che le guardavano con occhi forieri di notti da urlo e fuochi d'artificio. Continuarono la serata a Varkiza, dalla parte opposta. Finirono in una spiaggetta piccola e protetta da alte rocce. Nonostante la vastità del mare di fronte, si respirava un'atmosfera intima. Un grande falò rese le persone e la musica più interessanti.

Clio rollò una canna e aspirando ebbe una brutta sensazione: l'impressione che qualcuno le stesse versando catrame direttamente nei polmoni. Si sentì spiritualmente offuscata come se fosse sola in una bolla dove le percezioni della realtà circostante erano in qualche modo alterate. Guardò verso l'alto, ma davvero non vide nulla perché la nebbia in cui era avvolta era peggio di una fitta ragnatela.

Troppo fumo. Troppo.

Sentì un peso all'altezza del petto e le venne da tossire, ma si trattenne aumentando ancora di più il senso di soffocamento. La tosse premeva per uscire come una vecchietta incazzata che bussa alla porta. Fece di tutto per fermarla in gola, non voleva accettare di star male e sentì la laringe bruciare. Fu brutto.

«Voglio smettere di fumare» sussurrò a se stessa appena la saliva lenì l'irritazione.

«Basta deciderlo. Devo deciderlo. Devo smettere. Devo solo decidere.» Si alzò con gli occhi lucidi a cercare dell'acqua e lasciò la canna a chi invece voleva continuare.

Ricordò all'improvviso che nonno Bob diceva di aver smesso dopo essersi ripetuto per giorni: «*Smoking is poisonous, smoking is poisonous, smoking is poisonous...*».

15
Maternità "altrui"

Roma, 8 settembre 2003

«Lo sai che domani mi dimettono?» disse Letto 2.

«Ah» rispose Clio sorridendo.

«Ti stavo raccontando perché sono finita qua, poi i buzzurri ci hanno interrotto.»

Per Letto 2 i dottori erano "i buzzurri", e gli operatori sanitari ancora peggio. Non li sopportava e ogni giorno trovava qualcosa di cui lamentarsi: o era il cibo o la voce alta o le punture o le inutili domande che facevano. Non aveva lo stesso rapporto fiduciario che stava instaurando Clio, che si era lasciata andare come quando, cadendo indietro, hai la certezza che chi è alle tue spalle è lì per prenderti. Voleva bene a tutti ed era grata loro perché si stavano occupando di lei.

Letto 2 continuò: «Praticamente sono venuta qui con dei dolori addominali fortissimi e mi hanno detto che ero incinta. Non ne avevo idea. Non ci credi? Te lo giuro. Veramente. Ero al quarto mese e non avevo nemmeno un bozzetto sulla pancia. Avevo anche il ciclo, vabbè, a me esce pochissimo sangue. Non stavamo cercando un bambino. E invece è successo. Pazzesco, una femmina! E poi facendo i vari esami mi hanno trovato un tumore in testa. Per fortuna benigno. Cioè praticamente questa bimba mi ha salvato la vita! Se non avessi avuto i dolori chissà quando ce ne saremmo accorti. Andava tolto, ma hanno preferito non interferire con la gravidanza, tenerlo sotto controllo e aprirmi solo dopo aver partorito. Ed eccomi qua... Hai figli?».

Clio scosse la testa.

«È bellissimo! Tutti dicono che ti cambia la vita. Non è vero, non li ascoltare. È una cazzata. Sei sempre tu con la solita vita del cavolo con in più un regalo splendido che non si esaurisce mai. Immagina di tornare a casa e ogni giorno scartare un regalo! Ogni giorno! All'inizio ero preoccupata per quello che avevo in testa, ma è passato in secondo piano quando ho realizzato di portare una pupa nella pancia. Perché in principio non mi era chiaro. Non la percepivo. Non avevo nausee né dolori. A livello estetico non si vedeva nulla. Ci ho messo un po' a realizzare. Dovevo pensare alla palletta problematica nel cranio o alla creatura fantastica che avevo in grembo?» E scoppiò in una fragorosa risata. «Vuoi mettere? Mi sono concentrata sul pancino e il tumore si è addirittura ridotto. Poi con il tempo la sentivo sempre di più, vedevo i movimenti morbidi sotto la pelle. Al settimo mese è cominciato il vero viaggio. Mi sedevo davanti allo specchio ad aspettare e appena faceva qualcosa filmavo ogni minimo movimento. Quando sarà grande le farò vedere cosa ha fatto la mamma per lei. Mi è venuta una forza pazzesca. All'improvviso ho capito che il Signore mi stava dando una seconda chance: la possibilità di rivivere attraverso mia figlia. Ho capito che lei era la mia forza. Tutto quello che non avevo avuto dalla vita l'avrei dato a lei. Tutto quello che mi è mancato, capisci? E poi la storia del parto... anche quella una cazzata. Io ho praticamente goduto quando è nata, altro che dolore! Sono arrivata in ospedale dilatata di quattro centimetri, il tempo di sdraiarmi e in due ore è venuta fuori, e per di più non ho sofferto come dicono. Respiravo, ansimavo e provavo un piacere immenso. Dipende tutto da te, ricordatelo. Ti consiglio di diventare mamma al più presto, non perdere tempo. È davvero la cosa più bella che ti possa accadere. È incredibile.» Letto 2 fece una pausa, poi proseguì: «Non vedo l'ora di riabbracciarla la mia pupetta, la mia Alice! Non vedo l'ora! Voglio guardarla e perdermi nei suoi occhi. Appena esco me la spupazzo per tre giorni di fila!». Fece un profondo sospiro di sollievo, si toccò la ferita e, sentendo di non essere capita, si girò arrotolandosi nel lenzuolo. Le uscì una lacrima che non vide mai nessuno.

Più che guardarla, Clio la contemplava con ammirazione... in attesa di provare anche solo lontanamente una piccola percentuale del senso materno che aveva Letto 2. Non sentiva nulla su quella sfera là. Forse perché le mancava la materia prima, il partner da amare. E ragionò sul fatto che non aveva un obiettivo, che fino a quel momento non aveva avuto pazienza e non era riuscita a portare a termine un vero progetto. Sì, il liceo classico l'aveva finito. Anche la scuola di stilista professionale era stata completata. Qualche corso qua e là l'aveva seguito con tanto di attestato, ma non c'era una linea guida che portava avanti le sue azioni. Come se non ci fosse un futuro. Oltre ai lavori di modella vivente, cameriera, baby-sitter, dog-sitter e insegnante di ripetizioni d'inglese, non c'era altro. La cosa principale era distrarsi, intrattenersi in qualche modo per evitare di pensare. Quando posava si lasciava andare ad astrusi sogni a occhi aperti. La Grande Mela, Broadway e il *red carpet* si sovrapponevano astratti su una tela immaginaria.

La realtà invece era che aveva tanto caos dentro e intorno.

All'improvviso direttamente dal National Hospital for Neurology and Neurosurgery di Queen Square a Londra si affacciò alla porta l'Inglese. Clio riemerse di soprassalto dalla zummata introspettiva. Si guardarono intensamente negli occhi per qualche secondo. Pareva che insieme dovessero prendere una decisione importantissima. Poi lui si toccò il pettorale sinistro sopra il camice e la tasca destra dei pantaloni e, come se non fosse mai passato di lì, andò via correndo. Si stava affrettando verso la prestigiosa conferenza sulle neuroscienze a cui era stato invitato.

Rimase impressionata da quegli occhi tanto blu e intensi. Restò per un altro poco a fissare la porta vuota poi, facendo attenzione al tubicino della flebo, si girò a guardare il soffitto ingiallito, testimone di chissà quali vicende.

Oltre che un bellissimo uomo su cui fantasticare un futuro da casalinga quell'essere umano rappresentò la sua salvezza. Gli fu per sempre grata per averla lasciata integra, senza danni permanenti... purtroppo non sempre va così. A ogni modo non ci furono altri incontri per intavolare un sincero ringraziamento perché dopo l'operazione l'Inglese fu trasferito definitivamente in Svizzera come sperava da tempo.

16
Malasanità

Roma, 9 settembre 2003

L'emergenza arrivò. D'altronde lei era stata avvisata. Se fosse accaduto, sarebbe stata spostata al secondo turno. Perché la sua sì era un'emergenza ma, tardando di qualche ora, non avrebbe certo compromesso la vita, come invece sarebbe successo alla povera donna incidentata che aveva i minuti contati. E così l'intera équipe che era pronta a metterle le mani addosso alle sette in punto di mattina dovette muoversi nella più urgente sala operatoria. E lei fu posticipata all'una del pomeriggio. La cosa non le creò alcun problema. Le dispiaceva solo di dover rimanere digiuna. Non si rendeva conto di cosa l'aspettava.

Aveva chiesto alla mamma di tagliarle *un po'* i capelli perché era certa di avere una pallina poco sopra la nuca, magari sottocutanea, e la madre l'assecondò. Le divise la chioma in due e sulla parte più bassa fece una treccia che tagliò via con cinque chiuse di forbice. Il padre era lì vicino a massaggiarle le gambe. La guardava con dolcezza amara e di tanto in tanto le carezzava la guancia. Non avevano bisogno di molte parole per capirsi.

Dopo la recisione chiese aiuto per alzarsi perché si era impuntata che doveva andare al bagno. Da quando era entrata, nonostante i tentativi, ancora non aveva fatto la cacca. Riuscì a sollevare il busto ma in piedi stava con difficoltà. Si guardò attorno a cercare una carrozzina e non la vide. Intanto Anna, che era la prima delle amiche sul posto, si offrì di sorreggerla con la scusa di tenerle chiusa la porta. Non voleva farla sentire invalida. Lentamente arrivarono al bagno di fronte allo stanzone. L'amica finse interesse guardandosi allo specchio e la lasciò nella sua privacy.

Con lo stomaco vuoto e ammanettata alla flebo si sedette piano sulla tazza molto più larga dei suoi fianchi. Cominciò a fissare le mattonelle gialle davanti, in cerca d'ispirazione. Notò in basso a sinistra un numero di telefono con sotto scritto: "Chiamami". Pensò che fosse di qualche ninfomane, ma poi si convinse che era il numero di un'infermiera nerd presa di mira dal collega stronzo che voleva importunarla. I primordi dello stalking! Aspettò altro tempo guardandosi i piedi e... niente. Si concentrò sulle unghie delle mani troppo lunghe, ma di rilasciare qualcosa non se ne parlava. Nervosa e piena per la fedele stitichezza si alzò per tornare a letto. L'amica era lì ad attenderla. Evitò di chiamare Luigi, un curioso assistente sanitario che ogni tanto si fermava a fare tre passetti indietro e che a breve avrebbe staccato di lavorare. La notte precedente si era offerto di farle un delicato clistere.

Nel corridoio incrociarono un ragazzo in sedia a rotelle coi capelli bruni raccolti in una lunga coda.

«Ciao!»

«Ciao.»

«Sai che ore sono?» chiese, pur vedendo chiaramente che entrambe le ragazze erano senza orologio.

«Eh no... non ho l'orologio, scusa» rispose Clio.

«Secondo me dovrebbero essere le 8.40. Sì, perché ogni mattina alle otto mi fanno l'anticoagulante ed è almeno mezz'ora che giro. Sì.» Si fermò ad aspettare delle domande, che non arrivarono.

«Ah, ok sì, saranno le 8.40.»

Continuò a guardarle con aspettativa.

«Tutto bene?» chiese Clio.

«Eh, sì, certo, sto benissimo, ahahah! Proprio bene! È bellissimo qui, sono due anni che giro. Conosco tutto ormai. Ogni angolo. Ah, se non lo sai, devi stare attenta quando passano quelli del vitto che, se per caso lasci una cosa sul vassoio, quelli non è che guardano e te la mettono sul tavolino, no, pigliano, prendono e buttano tutto. I miei occhiali me li sono fatti raccogliere nell'immondizia tre giorni fa, ahahah! No, te lo dico perché stai in vestaglia» disse ridendo isterico.

«Ah, ok, grazie» rispose Clio sentendo salire un certo imbarazzo.

«No, perché se mi fanno girare, so' guai. Calcola che io de pazienza ce n'ho tanta, non ho detto niente quanno me so' risveiato così» continuò indicandosi le cosce.

Clio si rese conto che le gambe del ragazzo finivano all'altezza del ginocchio e restò immobilizzata.

«No, tranquilla, mica tutt'e due! Ero già monco pe' l'incidente in moto ma i dottori non se so' accorti che nell'artra gamba c'era 'na cancrena in corso e quindi poi hanno dovuto amputà, ahahah. Che devi fa'? L'importante è esserci, no? So' incompetenti che andrebbero licenziati, ma poi pe' quarche motivo il lavoro ce l'hanno sempre. Mica qua tranquilla. Stai a sbiancà! Qua m'hanno portato subito dopo...»

«Tu che stai a fa' in piedi? Vatte' a mette' subito a letto! Manco colazione hai fatto!» le disse l'infermiera senza nascondere il nervosismo. «Perché non hai chiesto la sedia a rotelle? Però così non va bene...» E l'aiutò a svincolarsi da quella situazione.

«Sì, sto andando... Ciao, scusa. Vado» salutò il malcapitato che rispose con un cenno del capo e un tristissimo sorriso. Abituato evidentemente a essere scaricato prima del previsto.

Entrando in camera vide Letto 2 che si preparava a partire insieme alla mamma serissima.

Non la conosceva bene la ragazza con cui aveva spartito un pezzo di muro e non aveva spazio per comprenderla. Clio scoprì che quando si sta male ogni cosa sembra essere più pesante e impegnativa, a tal punto che si cerca di evitarla. L'energia è scandita da preziosissime tacchette, così tutto ciò che può in qualche modo consumarne una o anche mezza viene finemente emarginato.

«In bocca al lupo! Rimettiti presto» la salutò Letto 2, andandosene fiera con una strana andatura. La madre la seguì muta.

Venne un assistente sanitario e diede a Clio due piccole pasticche bianche.

«Tieni, bella, queste servono a farti rilassare un po'. Prendile che fra poco andiamo in sala operatoria.»

Le amiche, i genitori, il fratello e Nanda erano fuori ad aspettarla.

Il tempo era arrivato.

17
La chiamata

Vouliagmeni, 25 agosto 2003

Stavano al mare già da un paio d'ore. Volevano purificarsi dopo tanto caos per cui bevevano solo caffè, acqua fredda e succhi di frutta. Avrebbero ripreso gli alcolici non prima delle quattro.

Clio aveva deciso di raggiungere la boa più lontana delle tre che galleggiavano al largo. Le piaceva rischiare o comunque mettersi alla prova al massimo delle possibilità. Voleva sentire la pronta risposta fisica.

«Andiamo fino alla boa laggiù?» chiese.

«Te sei pazza!» risposero in coro.

«Dai, andiamo non è lontano!» ripeté, ma sapeva di non avere rivali sul coraggio.

«Clio, ma sei fuori? È lontanissima, non ci andare nemmeno tu» sprecò il fiato Martina.

«Scommettiamo che è una cazzata?»

«Dai, scommettiamo un motorino!» propose Sofia, che era bravissima con i giochi psicologici.

«Preparate una colletta per lo Scarabeo allora!» concluse, buttando gli occhiali sull'asciugamano.

Entrò in acqua con lenti passi decisi e andò spedita, sfidando la paura dei fondali blu e profondi. Guardava fisso l'orizzonte ricordando di non inclinare mai il capo verso il basso, perché l'immagine di galleggiare su tanta altezza, senza sapere da dove e da cosa potesse essere attaccata, la spaventava da matti. Si concentrò sulla forza di carattere, sulla temerarietà e *in ultimis* sulla scommessa. Arrivò alla boa e la toccò con la punta del dito sebbene nessuno lo potesse testimoniare. Era certa che in ogni momento oltre il Padre Eterno avesse sempre l'occhio di qualcuno addosso. Non osava guardare verso il punto invisibile dove finiva la catena della boa. Le metteva panico. Anzi, la prendeva larga per evitare che il ferro verde di alghe la sfiorasse. Senza darsi nemmeno il tempo di recuperare fiato si rimise subito a nuotare desiderosa di lasciare alle spalle l'enorme tela di azzurri. Rientrando, riconobbe la sua piccolezza nei confronti del mare e, fissando le figurine sul bagnasciuga, quella di tutto il genere umano. Sapeva che se avesse urlato nessuno l'avrebbe udita quindi, piano piano, con una preghiera sulle labbra, si augurò di arrivare senza annegare. La corrente era forte e la faceva sentire ferma nello stesso punto.

Quel giorno però le preghiere continuarono perché, una volta fuori pericolo, si avvicinò nuotando un ragazzo molto lungo che evidentemente aveva cercato la stessa adrenalina. Prima una, poi due, poi tre parole e infine si persero in chiacchiere. Cambiarono rotta e si arenarono su una piattaforma galleggiante vicina alla riva. Era proprio un bel tipo. Sicuramente fantasticarono entrambi su un bel bacio da darsi.

Passò almeno un'ora e mentre un'onda gli accarezzava le gambe, se ne uscì all'incirca con una cosa così: «Lo sai che io sono un uomo di Dio?».

«Un uomo di Dio? In che senso?» chiese sorridendo. Una bella sorpresa per un bonazzo così...

«Sono Suo figlio. Mi ascolta. Io parlo con Lui.»

«Tu parli con Lui?» fece alzando le sopracciglia.

«Non ci credi? Io parlo con Dio. Se gli chiedo una cosa, Lui mi risponde.» Serissimo.

«Be' complimenti, è una cosa bella!» Con lievissimo sarcasmo.

«Per me è normale. Tu sei molto carina. Ti ho notata da laggiù e sono venuto per la tua bellezza, ma guardandoti da vicino ho capito che forse hai bisogno d'aiuto. È vero? Desideri qualcosa?»

«Be'… mmm… proprio aiuto non so.» Un po' lusingata, un po' esterrefatta.

«Pensaci bene, senza fretta. Metterò da parte i miei impulsi da uomo» disse sereno.

Sembrava uno scherzo o una nuova strategia di corteggiamento!

«Cioè, mi stai dicendo che mi puoi aiutare a stare meglio? Mi sembra una cosa un po' assurda.»

«Lo so, non mi conosci. Come ti ho detto sono venuto perché mi piaci, ma parlando con te ho capito che c'è qualcos'altro che devo fare. Hai qualcosa che non ti fa star bene. Allora vengo come figlio di Dio e non più come uomo.»

Ci fu qualche minuto di pausa per la situazione imbarazzante, ma Clio dentro di sé aveva cominciato a cercarlo, il Signore, e forse quello era uno dei Suoi modi per palesarsi. Chissà! Aveva sempre preso la vita così come veniva e quindi perché tirarsi indietro proprio ora? Decise di provare questo nuovo codice. Il ragazzo era parecchio attraente quindi dovette mettere da parte i suoi istinti anche lei.

«Se vuoi possiamo vederci un'altra volta per questo motivo, però adesso io sono libero e se hai del tempo potremmo sfruttare il momento.»

«Be', c'è una cosa che mi tormenta un po' in effetti… credo che voglio smettere di fumare. Mi fa male il petto. Mi brucia. Mi pesa, ma poi quando sono fuori, quando bevo, quando fumano tutti… piglio, prendo e fumo anch'io. Non riesco a dire di no.»

«Perché non riesci a farlo?» chiese sicuro di sé.

«Non lo so… proprio non ci riesco.» Fece una pausa per cercare la risposta più credibile. «Forse perché fumo da tanto e se smettessi non saprei che fare… come mi vedrebbero le altre?»

«Pensa che il fumo fa male. Quello che fa male non viene da Dio. Questo è sufficiente.»

Clio restò incastrata nella propria perplessità. Non si aspettava un discorso simile da un giocatore di basket. Ma su quella zattera era sola senza il giudizio di nessuno e in cuor suo decise che era giunta l'ora di smettere di fumare. Lui poteva aiutarla.

«Facciamo una preghiera» propose.

«Ma non so come si fa, non so che dire!» disse lei ridendo.

«Chiudi gli occhi e se vuoi chiedi a Dio di ascoltare le mie parole, basta questo.»

Fu incredibile. Lo sconosciuto cominciò a pregare. Parlava con Dio come stesse parlando con suo padre. Usava parole semplici. Si ripeteva e ribadiva i concetti. Clio era stupita di tanto agio. Chiedeva e subito ringraziava, chiedeva e ringraziava. Parlava di lei e del bisogno di allontanarsi dal vizio. Il volume della voce era basso ma aumentava quando implorava di liberarla dal male e da tutti gli spiriti immondi. E aumentava ancora di più quando invocava dentro e intorno a loro lo Spirito Santo. In quel momento preciso Clio vide una colomba bianca volare sopra le loro teste. Tutta la pelle diventò dura. Ebbe i brividi. Sentì che qualcosa era accaduto. Fu sensazionale e spaventoso allo stesso tempo.

«È stato lo Spirito Santo» confermò il ragazzo più tardi.

«Quando due o più parlano di Dio, Lui è in mezzo a loro.» Concluse la preghiera infondendole estrema fiducia. Si diedero due baci sulle guance insieme alle parole di congedo e i numeri di telefono a stento memorizzati. Dopo un abbraccio presero rotte diverse, certi che prima o poi si sarebbero rivisti.

Tornando verso le amiche, si sentì una donna diversa. Era scioccata, sorpresa e felice ma non voleva dirlo a nessuna. Temeva di contaminare il sentimento purissimo che la stava riempiendo. Raccontò semplicemente che il tipo era un figo assurdo e che sperava di incontrarlo di nuovo.

Col senno di poi si può dire che il Creatore stava preparando la via per intervenire nella vita di Clio.

18

Giorno X

Roma, 9 settembre 2003

«Ma perché ha i capelli ancora così?» urlò un uomo.
«Forza, veloci, tagliate tutto» disse un altro con troppa caffeina in corpo.
Sentiva freddo. Era immobilizzata. Le pareva di avere un'espressione serena sul volto.
Come se, sicura di sé, sapesse ciò che stava accadendo. Sembrava consenziente. Guardarla rasserenava.
«Non è possibile che con una craniotomia questa sta così. E che diamine!» si sentì intanto nel corridoio.
Rumore di tacchi e tensione nell'aria, mossa a spintoni.
«Tieni le lamette» disse una voce femminile.
«Mamma mia, quanti capelli!» rispose un'altra donna.
«Ho capito, ma se non ci avvisano!» disse ad alta voce la prima.
«Io ho visto pure la madre tagliarle i capelli… no, vabbè» concluse l'altra per avere l'ultima parola.
Silenzio.
Da quel momento in poi sentì in ordine sparso e a tratti in modo violento piccoli righelli strisciarle con pressione sulle tempie, sulla fronte alta, sulla nuca, dietro le orecchie, sull'intera testa, in tutte le direzioni.
Era strano ma piacevole. Qualcuno tenendole la man-

dibola le ruotava il capo a destra e a sinistra. Uno strano massaggio thai. Senza accorgersene fu lasciata così e una voce a un certo punto ne recuperò la coscienza, offuscata dalle pasticche che le aveva dato l'infermiere in tarda mattinata. Clio cominciò a rendersi conto che stava per succedere qualcosa. Lentamente rinveniva. Si ricordò all'improvviso che doveva essere operata. Che aveva una cosa nel cranio. Che era arrivato il fatidico giorno e con terribile sgomento intese di essere ancora sveglia benché paralizzata.

Affidarsi completamente a un proprio simile, che in quanto tale può sbagliare, è una vera prova di coraggio e, purtroppo, quando non si hanno alternative anche firmare il consenso informato, più che un obbligo medico-legale, diventa un atto di fede.

«Bisturi!» ordinò una voce già sentita.

Oh mio Dio! Non si era ancora addormentata e la stavano per aprire? Poteva mai accadere? Che cosa terrificante. Sarebbe stata sveglia durante l'intervento? E se qualcosa fosse andato storto? Avrebbe assistito alla sua morte?

"Aiutooo!" urlò a bocca serrata. Sgranò gli occhi ma stettero chiusi. Alzò le mani ma restarono incollate al lettino. "Aiutooo!" provò a urlare di nuovo. Nessuno se ne accorse. Cominciò a sentire qualcosa tagliarle la pelle dura in testa. Non faceva male ma… "Aiutoooo!" tentò di dire un'altra volta, ancora più forte. Niente. C'era stato un intoppo. L'anestesia non aveva funzionato. Cercava di farsi vedere, sentire e decise di muovere almeno un dito della mano così che l'avrebbero notata e avrebbero preso provvedimenti. Non si muoveva nulla. Cavolo!

Le mani erano ingessate. Impossibili da gestire. Pensò quindi di provare con estremità più lontane. Magari l'anestetico lì ancora non era arrivato. Intanto il taglio alla testa era arrivato da parte a parte. Puntò tutto quello che aveva sul mignolino del piede sinistro. Spinse dall'addome la forza dell'intero corpo: energia sangue linfa verso quel piccolissimo, insignificante e da sempre ignorato ditino. Su-

dava. Le tempie s'ingrossavano. Il viso era contorto in una smorfia. Lo sforzo era mastodontico ma da fuori era la bella addormentata. Sognante e rilassata.
"Aaaaaaah!" azzardò l'ultimissima volta.
Un impercettibile minuscolo movimento fece abbassare e rialzare per una frazione di secondo il mignolino sinistro.
Buio.
Uno dei medici fu incaricato di riprendere con la telecamera l'intervento dall'inizio alla fine per conservarlo negli archivi dell'ospedale perché si trattava di una placca rara. Era la seconda volta che vestiva i panni del regista e la cosa lo divertiva molto. Benché le riprese avessero uno scopo meramente scientifico, mentre catturava i rigagnoli di sangue che impregnavano le garze si atteggiava a Dario Argento. Era bello ogni tanto assistere senza imbrattarsi di liquor.

> La paziente è stata ricoverata in Neurochirurgia ove è stata sottoposta a intervento endocranico di rimozione di neoformazione parietale dx, con risposta istologica verbale intraoperatoria di verosimile oligodendroglioma di basso grado. Nel postoperatorio le condizioni neurologiche della paziente, consistenti preoperatoriamente in disturbi della coscienza e cefalea, sono completamente regredite. La risposta istologica definitiva si discosta da quella estemporanea e definisce il reperto: pseudotumore demielinizzante. In questa ottica si propone alla paziente il trasferimento in Neurologia medica per accertamenti volti a confermare il processo demielinizzante e terapia del caso.

L'operazione andò bene. Non ci furono complicazioni. Durò cinque ore. Per chiudere tutto furono messi quarantadue punti. La massa fu asportata e al suo posto rimase una cicatrice. Vicina alla corteccia.
In seguito, almeno dieci anni dopo, quella stessa massa si sarebbe potuta togliere senza l'intervento chirurgico. Sarebbe stata riassorbita esclusivamente attraverso farmaci in

flebo, per intenderci. Almeno così si vociferava nei salotti borghesi che frequentavano i genitori.

Uscì dalla sala operatoria ancora dormiente e così rimase parecchio. Aveva il capo fasciato in un turbante bianco, la solita flebo fastidiosa e fredda nella caviglia sinistra, il catetere che finiva nella sacca penzolante dal letto, due drenaggi colmi di sangue che uscivano dalle bende e le ascelle appiccicose sotto il camice. Fu portata in terapia intensiva dove stette qualche giorno. Il decorso andò come previsto senza peggioramenti.

19

Nightmare

Terapia intensiva

Era in terapia intensiva. La luce al neon nebulizzava lo spazio di blu. Non sapeva che ore fossero e saperlo non avrebbe cambiato niente. Se chiudeva gli occhi sentiva dentro di sé un silenzio soffocante ma, appena li apriva, da fuori arrivavano suoni vicini e lontani. Piccioni in corteggiamento, pioggia sul cornicione. Passi, squilli telefonici. Un continuo di allarmi ovattati perché i monitor misuravano pressione intracranica, arteriosa, temperatura corporea e il livello di ossigenazione.

Davanti a lei c'era un uomo con baffi grigi e lunghi, era brutto, giallo. Aveva gli occhi viscidi e molte rughe. La fissava senza ritegno. Immobile. Pareva sfidarla. Uomo contro donna. Cazzo contro fica. Non poteva fare niente per togliersi da davanti quell'oppressione. Si domandava: "Che cavolo vuole da me questo?". Lui voleva fraintendere e spargeva malizia nell'aria. Fissandolo in direzione dei piedi, vide prima il proprio capezzolo: aveva i seni scoperti. Non aveva le forze fisiche né mentali per coprirsi.

Le sembrava di avere un sasso duro e appuntito dietro la testa. Chiese un cuscino o qualcosa di morbido su cui poggiarsi. Una ragazza vestita di bianco le portò un fagotto di stoffa. Era una coperta raggomitolata. Fece per alzarsi e prenderla ma le dissero che non poteva muoversi, così se la lasciò adagiare dietro il capo sperando di provare una sensazione di morbidezza. Ma niente. Il sasso duro e spigoloso rimaneva lì. Doveva semplicemente abituarsi a essere sdraiata su una scogliera con la nuca nel punto più aguzzo.

Aveva una sete schifosa. «Acqua» riuscì a dire con un filo di voce. Mentre cercava di capire se qualcuno l'avesse sentita, deglutì il prepotente soffio d'aria secca che le entrò in bocca. Totalmente rincoglionita e senza forze. Alzò l'avambraccio, sperando di essere notata. Lo vide viola, pieno di lividi. Guardò l'altro ed era anche peggio. Non sapeva che l'avevano bucata una cinquantina di volte per trovare una vena, invano. Gli infermieri si erano passati le braccia facendo a gara a chi era il miglior cecchino ma quasi tutti avevano fallito.

Si erano poi concentrati sulla caviglia destra provocando una tromboflebite e *in ultimis* la ragazza più giovane dell'équipe aveva centrato la vena di quella sinistra, comunque già martoriata. Senza percepire da dove partissero vedeva cadere due tubicini rossi di sangue sulla spalla che finivano lungo il fianco.

«Ho sete» disse senza riuscire a muovere la lingua da gatto, quasi la voce uscisse direttamente dai polmoni. «Peffaore» supplicò disperatamente.

«Non pòi bbeve sennò vomiti» rispose una voce orrenda.

«Qualcosa per la bocca» supplicò ancora, aprendola.

Sentì un rubinetto scorrere e dei passi e pensò: "Finalmente".

Qualcuno le gettò una cosa umida e freddiccia fra la spalla e l'orecchio. Anche se lenta, cercò subito di afferrarla. «Alessà, e prendila, però!» le disse, strigliandola, la stessa voce, mentre prendeva la garza imbevuta e gliela poggiava maliziosamente sulle labbra. Che fastidio quell'Alessà, invece di Alexà invece di Clio.

«Intanto succhiati questa, poi te damo l'acqua, ora non poi bbeve.»

Ci fu uno strano tira e molla.

Quando lei stava per morderla, lui la toglieva e gliela riappoggiava, stuzzicandola appena si fermava. Voleva vederla aprire e chiudere la bocca. Voleva vederla vogliosa. Che tristezza.

Dopo tre o quattro volte smise. Lei succhiò il poco liquido della garzetta come la cosa più soddisfacente del mondo e muovendo piano la lingua fece sparire quella sensazione di secchezza. L'infermiere con i baffi si era appoggiato alla finestra a fumare – sì, proprio così, a fumare!!! – e faceva entrare nel camerone un'inquinante scia di fumo biancastro. Le sembrava veleno tossico. Sfiniti gli occhi si chiusero, certi che se fossero stati aperti avrebbero beccato medici e infermieri spiarle la vagina sotto le lenzuola.

Era in una città, in un quartiere pieno di salite e discese... nulla era piano... e a poco a poco lo scenario si ridusse a una piazzetta piccola e quadrata senza cielo... più girava l'angolo e più la stradina rimaneva sempre la stessa... come un labirinto, che labirinto non era. La strada era liscia, ma il marciapiede al centro della piazza era fatto di sampietrini e accoglieva un lampione e una cabina telefonica senza telefono.

Lei e altre persone sembravano un gruppo rock anni Ottanta. Non sapeva con chi fosse. Abbracciava un ragazzo e sedevano sulla sella di una moto parcheggiata.

Tirava una brutta aria e ne era spaventata. Decise di andare via e scoppiò una rissa. La cosa terrificante era che questi sconosciuti anziché prendersi a calci e pugni si spaccavano la faccia. Una per una... mentre indietreggiava orripilata, vedeva le cervella spappolarsi e saltare in aria. Un uomo era finito per terra con la testa sul bordo del marciapiede e il sangue gli colava dal naso quando una spranga pesante gli deformò il misero cranio.

Correva via, ma ovunque c'era il massacro. Mazze, catenacci, pale venivano impugnati ferocemente da tutti. Paura! Paura! Si stava cagando sotto. Gli occhi le uscirono dalle orbite quando si rese conto di avere ancora il viso sano.

Temeva la stessa sorte. Un'assurda legge comandava di fracassarsi la testa vicendevolmente. Così la teneva bassa e coperta mentre correva da una parte all'altra come una formica nel bicchiere.

Cominciò a pregare Dio perché la salvasse mentre premeva su tutti i citofoni del cancello su cui era andata a sbattere. Sapeva di trovare Sofia, l'avrebbe aiutata. Dannazione! Pezzi di cervello ovunque. Citofonava... citofonava... cazzo. Cazzo!

D'un tratto era in casa. Ansimava. Non c'erano più suoni. Il silenzio, quello che giace sotto il mare, le penetrava le orecchie. Grida e strilli erano spariti all'improvviso e la differenza era così forte che apriva e chiudeva le mascelle incredula.

Arrivò in una camera triangolare. C'era Sofia che la invitava a coricarsi vicino a lei. Perché era così calma? Le disse che non c'era tempo da perdere e che dovevano scappare anche loro, ma l'amica in trance le bloccava le mani. Nemmeno il tempo di sedersi che un essere nerboruto e sozzo di sangue buttò giù la porta stringendo fra le braccia una sega elettrica rivolta verso di loro.

«Aiutooo!» strillò un secondo prima di accorgersi di avere di fianco un uomo dormiente che non si svegliava. Pareva morto.

Un altro in piedi si avvicinò spaventato e disse: «Alessà! Che hai fatto? Tutto apposto?».

«Oh Dio, non lo so... non lo so» rispose, mentre cercava di realizzare cosa stava succedendo.

«Mettiti giù e dormi» ordinò con la fretta di tornare da dove era arrivato.

Chiuse gli occhi e subito l'uomo con la sega riapparve.

Si mise a pregare ad alta voce. Pregava tanto. Era convinta di trovarsi occhi negli occhi col diavolo. Lo sentiva di fronte immobile che non se ne voleva andare. Allora pregava ancora più forte.

«Liberaci dal male. Amen» fu l'ultima frase che proferì prima di crollare in un sonno sudato.

20

La rinascita

Roma, Anno Zero

Si svegliò su una piccola altura e fu immediatamente travolta da una luce abbagliante. Vedeva a malapena la mano sul suolo, accanto alle ginocchia. Si rese conto di non essere in piedi. Si guardò attorno per capire dove fosse, ma era impossibile decifrarlo tanto era il bagliore e, quando alzò gli occhi in su, verso il monte, restò folgorata.

C'era Gesù Cristo di Nazareth sulla croce.

Inchiodato.

Ancora vivo.

Ogni secondo che Lo guardava le restituiva vita. Veniva come gonfiata d'amore vitale. L'epidermide s'ispessì visibilmente. Doveva tenere gli occhi sbarrati perché il mare di lacrime le offuscava la vista. Le si spalancò violento in faccia il Suo dolore. Colse il colore scuro del labbro inferiore inumidito da una spugna imbevuta. Vide in mezzo alle Sue sopracciglia la sofferenza del mondo. Osservò l'impercettibile vibrazione del costato che estorceva gli ultimi soffi d'aria. Lesse nelle ciglia abbracciate la domanda a Suo Padre. Era deluso. E intese con tutta se stessa, con tutto il cuore, con tutta l'anima, che col Suo sacrificio la stava salvando insieme all'intera umanità.

Ne era certa, Lui la salvò. Lo guardò così intensamente che le entrò dentro, e lei divenne Dio.

Quel 9 settembre 2003 fu trasportata d'urgenza a Gerusalemme.

Probabilmente accadde nel momento cruciale dell'intervento quando, a cranio aperto, ebbe un forte calo pressorio e i medici si squadrarono l'un l'altro spaventati.

Non è certo quanto tempo lei passò su quel monte, ma fu sufficiente a cambiarla per sempre. Non sarebbe più tornata indietro. Una cellula di Gesù la toccò da qualche parte e si diffuse come energia liquida ricoprendola dalla testa ai piedi.

L'aveva salvata, aveva dato la vita in cambio della sua. Le aveva perdonato tutti i peccati. Era nata per la seconda volta. Come avrebbe spiegato una cosa simile a chi non era stato lì con lei? Quale elisir avrebbe potuto somministrare per infondere fede ed essere creduta? Non lo seppe mai.

Quando comprese ciò che era realmente accaduto ormai era in terapia intensiva piena di tubicini. E non riusciva a capire se la visione fosse avvenuta mentre era in quello stanzone pieno di larve umane o in sala operatoria o a Gerusalemme.

Non aveva fatto in tempo ad abbracciarLo, a consolarLo, a ringraziarLo che cominciò a scenderle qualche goccia dagli occhi. L'emozione le scoppiava dentro. Si sentiva in colpa.

Arrivarono i genitori. Pensavano avesse male. Tuttavia, più vedeva loro piangere per lei salvata, in un letto d'ospedale, assistita dai medici, più piangeva per Lui solo sulla croce. Offeso, deriso, bucato e infine abbandonato. Era disperata. Pianse come una neonata quasi tutti i luccicconi che aveva in serbo per il futuro e in quell'esondare catartico comprese il senso della vita. Era di nuovo in grado di *vedere* e di *sentire*.

Stava comprendendo che evidentemente aveva perso la retta via e Gesù l'aveva presa per il collo e l'aveva rimessa al posto giusto.

Fu così forte quell'esperienza che ogni cosa cambiò sapore e promise a se stessa che da lì in avanti nei momenti

bui avrebbe ricordato quel che aveva vissuto. Avrebbe ricordato il miracolo della vita, della salvezza e del perdono.
Fu il suo Anno Zero.

Il pianto che risuonò nei corridoi si ridimensionò quando vide la porta del reparto e finì in un singhiozzo appena i genitori furono entrati nello stanzone. Spiandoli, Clio capì quanto amore esisteva per loro, quanto erano fortunati ad averla ancora lì. Non erano gli unici. Mentre pregava sentiva che tanti altri stavano passando lo stesso calvario, ma i destini di alcuni purtroppo erano meno rosei. Poveri genitori! Si rafforzò in lei la consapevolezza di quanto a volte fosse amara la vita, incomprensibile. Colta da una stanchezza invincibile, crollò.
Il risveglio fu dolce qualche ora dopo. Udì un frizzante mormorio. Aprendo piano gli occhi, riconobbe visi familiari. Sofia le accarezzava le tempie facendole notare che era completamente rasata. Non se ne era resa conto perché era certa che l'intervento avesse coinvolto solo una piccola area sopra la nuca. Era stato decisamente più invasivo, invece.
Mentre guardava il piccolo semicerchio di amici e parenti che erano andati a trovarla, si soffermò in silenzio su ciascuno di loro. Li perdonò per ogni torto subito. A uno a uno. Come se Gesù li stesse graziando attraverso di lei. Era in netta connessione. Circondata e piena di Spirito Santo. Li vide senza filtri, puri com'erano un tempo. Riconobbe in loro il sogno di bambino. Con la rinascita questo era avvenuto: era tornata piccola e riusciva a vedere il mondo con gli occhi di bambina. Quello che prima era fondamentale perse valore, mentre le cose che erano state dimenticate si palesarono più forti. La salute, che aveva dato a lungo per scontata, occupò prepotentemente il primo posto del podio, per esempio. E nonostante gli ostacoli, le cadute e gli affondi intermittenti, comprese che vivere è una possibilità.
E chi ha questa possibilità deve sfruttarla fino in fondo. Perché un giorno non ci sarà più.

21
Cortocircuito

Roma, 1° ottobre 2003

Dimissioni. Quando scese dal letto per andare via, cadde come una pera cotta sulle ginocchia. Aveva perso tanta massa muscolare. Almeno cinque chili. La sollevarono e lei dispose le gambe a mo' di staccionata affinché riuscissero a reggere il peso. Passo dopo passo, fermata dopo fermata, arrivò alla macchina. E via verso casa. Le buche dell'asfalto facevano dondolare la testa, provocandole dolore. La brezza che la carezzava dal finestrino fortunatamente riparava il male. Bisognava guidare pianissimo perché aveva la sensazione di portare un contenitore molle e vuoto sopra il collo con una pietra spigolosa che vi rimbalzava dentro. Era molto sensibile.

Ricordava bene la bontà divina del primo pezzo di pizza al taglio alla tavola calda fuori dall'ospedale. L'odore unto e fritto tipico delle rosticcerie. I denti ingordi che affondavano nella mollezza e venivano presto parati dalla base croccante e "strutturata"... Che meraviglia!

Dopo diverso tempo arrivò anche il giorno di uscire finalmente con le amiche. Si mise al volante diretta a Ponte Milvio per bere qualcosa. Era magra, alta e rasata a zero. C'era il sole. Si sentì libera e fu felice. Nemmeno il tempo di

arrivare e sedersi al tavolino che disse: «Marti!». E poi gridò sconvolta: «Martinaaa! Martinaaa!». Fissò l'amica dritto negli occhi tenendosi ai braccioli della sedia.
Ci fu un casino.
Cadde, come spinta, a terra.
Anna chiamò l'ambulanza. Uno sconosciuto ne chiamò un'altra. E un terzo fece in tempo a cancellare quella che aveva appena chiamato. Ci fu un gran trambusto vicino al baretto e di ambulanze ne arrivarono due, mentre Clio stava combattendo in una dimensione senza spazio né tempo e soprattutto con un essere che vedeva solo lei.
Guardò il mondo shakerarsi. I punti luce divennero linee colorate come in quelle foto in cui il soggetto è fermo al centro e dietro le automobili diventano strisce luminose. All'improvviso vide nero. Più apriva gli occhi e più tutto era nero. Qualche istante dopo si sentì afferrare le spalle da qualcuno molto possente. Non lo vedeva. Poteva essere l'incredibile Hulk. Le prese la mandibola e la schiacciò con forza al petto, non poteva più parlare, le girò la testa a destra e sinistra. Aveva la bocca aperta. Poi gliela chiuse di scatto facendole mordere la lingua. Velocissimo la sollevò sporgendola su un burrone scuro, profondo ottanta metri e cominciò a scuoterla come se non ci fosse un domani. A scuoterla sempre più forte. Cercò di opporre resistenza, ma la violenza era così forte che perse conoscenza. Fu allucinante. Ebbe tanto male nel senso vero e proprio del termine. Contrazioni muscolari intense, convulsioni, respirazione rumorosa e morso della lingua.
Fu una crisi tonico-clonica, quella che chiamano anche "grande male". Solo la perdita di urina le mancò.

La crisi non fu un caso isolato. Episodi come quello si ripeterono ancora e ancora. E ogni volta lei non si ricordava nulla e non riusciva ad abituarsi al risveglio spastico e incosciente in ospedale e nemmeno ai dolori muscolari e al terrore di quell'entità che l'afferrava all'improvviso. Una sensazione mostruosa da non augurare a nessuno. Esisteva davvero *l'uomo nero* e poteva apparire in qualunque momento. Impotenza assoluta.

Da allora fu una continua lotta. Pianse tanto, di nascosto. Era un po' come stare sull'altalena: un attimo prima vedeva il lato positivo e pensava a chi era meno fortunato di lei e un attimo dopo era catapultata in un inconsolabile stato apatico. Rimase su quella giostra parecchio tempo. Tuttavia, c'era sempre una luce in fondo al tunnel.

La vedeva, minuscola ma potente.

Quando aveva lasciato l'ospedale, il medico le aveva detto: «Stai attenta a caffè e prosecco!». Ma non gli aveva dato peso e soprattutto non aveva inteso che lui stesse alludendo a un ipotetico effetto collaterale dell'intervento. L'asportazione della placca aveva lasciato una cicatrice nella zona parietale destra vicino alla corteccia, dove avviene la maggiore attività elettrica.

Quindi?

Peggio del bugiardino più sincero l'effetto si era manifestato in tutta la sua bellezza. La ferita causava un cortocircuito. In poche parole, Clio soffriva di epilessia post-traumatica. Così cominciò la terapia con Keppra 500 mg e Tegretol 400 mg a rilascio normale. Le detestò quelle medicine e fece qualunque cosa per evitare di prenderle ma, ogni volta che riusciva nell'intento, succedeva il patatrac... finché arrivò il giorno in cui accettò, si rassegnò e divennero le mentine quotidiane.

Le crisi arrivavano all'improvviso, ma si sentiva fortunata perché una decina di secondi prima poteva percepirle e così faceva in tempo a sdraiarsi sul fianco sinistro o a fermare la macchina se era alla guida. Sapeva di gente che non aveva nemmeno questo preavviso. Quel che succedeva dopo, però, era l'ignoto, nonostante la solita spiegazione di chi era presente. Un'incognita imbarazzante, perché ogni volta sapeva di aver perso conoscenza, di aver sbavato, di essersi contorta e di essere stata spostata a peso morto. Non le piaceva. Non le piaceva mai.

I camici al risveglio erano sempre gli stessi. Facce diverse appoggiate a vestiti uguali. Più o meno dediti, ma comunque loro. Un esercito di anime pronte a tutto, che però non voleva più incontrare. E si sentiva continuamente sbagliata, dentro un incubo infinito dove non trovava spazio.

Le pesava scomodare i suoi cari felicemente distratti dal tran tran quotidiano. Nanda, appena la notizia la raggiungeva, doveva sedersi e pregare, mentre il cuore segnava una passeggera aritmia. Fra le amiche cominciava un via vai di messaggi al cellulare e chi poteva si presentava al pronto soccorso: non sempre c'erano tutte. I familiari si spaventavano e ogni volta ritrovavano la conferma di quanto fosse tragica la vita.

Lei non si perdonava di continuare a dare loro appuntamento in ospedale. Aveva la sensazione di aver fatto dieci passi avanti da quell'operazione e di colpo mille indietro. La lingua ferita per giorni e male ovunque.

22

Intanto...

Roma, 2004

«Papà, voglio fare l'attrice!» questa la frase che sussurrò a suo padre mentre stavano guardando *L'ultimo samurai* al cinema.

L'aveva scelto lui il film. Niente Rossella O'Hara o Shakespeare nella sua folgorazione vocazionale, loro sarebbero arrivati dopo. Fu Tom Cruise con una spada a travolgerla e a farle venir voglia di trasmettere agli altri quello che aveva dentro! Era un tripudio di emozioni che gestiva malamente e pensò che quello fosse il canale più adatto; così si iscrisse alla scuola Teatro Azione a Roma con la certezza di fare la cosa giusta.

Aveva avvalorato il postulato che "Oggi ci sei, domani non si sa" e si era chiesta: "Cosa voglio fare? L'attrice!".

Voleva esternare quello che provava e, nonostante tutti cercassero di dissuaderla – «Lo sai che è un mondo difficile?», «Sei sicura?», «Non è facile riuscire in quel settore», «Lo sai che per farcela devi scendere a compromessi?», «Hai scelto un mondo complicato!» –, decise di intraprendere quella strada e cominciò a studiare in un pianeta frenetico che faticava a capire la sua lentezza.

Il giorno dopo *L'ultimo samurai* rimase seduta col padre sul letto per un tempo incalcolabile. Sembravano una fotografia vivente. Lei rasata, gonfia e sorridente perché viva.

Lui magro e con lo sguardo malinconico perché testimone. Con la mano sulla spalla, provò a farle capire che avrebbero dovuto fare ancora visite, analisi, cure e che insieme ce l'avrebbero fatta. Erano solo all'inizio. Quella placca era piuttosto rara e bisognava conoscerla a fondo per escludere recidive.

Non era in grado di intendere esattamente il senso di quelle parole. Lui voleva rassicurarla, trasmetterle pazienza, forza e coraggio, anche se non aveva idea della Via Crucis che l'aspettava. Probabilmente le stava porgendo la mano per passare dal giardino pieno di fiori, colori e farfalle alla strada asfaltata del mondo degli adulti.

La sorella in quei giorni le stava vicino come poteva perché era all'estero e da lontano pregava per lei. Il fratello, sempre troppo impegnato, come se avesse il Bianconiglio di Alice perennemente alle calcagna, cercava di supportarla a modo suo.

Nanda era lì per lei, per tutti, senza mai chiedere niente.

E la madre era continuamente presente nella sua contraddittoria assenza. A volte premurosa a volte fuori luogo. Per esempio capitava che lei dicesse: «Mamma, abbassi il volume della tv?».

E la madre le rispondeva: «Adesso non è che mi devi sempre dire che cosa devo fare solo perché stai così...».

Mentre Clio semplicemente pensava: "Ma ho mal di testa...".

Oppure: «Amore, andiamo a fare la richiesta d'invalidità? Magari ti spetta una pensione e ti potrebbe aiutare».

«No, mamma, non ci voglio andare. Voglio riprendermi al 100 per cento. Non voglio l'invalidità. Voglio riuscire a lavorare e guadagnare di tasca mia, capisci?» rispondeva scocciata.

Clio non voleva riconoscere la patologia e, quando finalmente si rese conto che lo Stato avrebbe effettivamente potuto sostenerla perché i problemi di salute l'avevano esonerata dal mondo del lavoro per qualche anno, ormai era tardi. Alla commissione dell'Asl per l'invalidità civile non sembrava che avesse bisogno d'aiuto, nonostante cartelle e cartelle di esami, risonanze e certificazioni di medici di base e non. I capelli si erano fatti più lunghi e nascondevano bene la profonda depressione che tutte quelle faccende le avevano provocato. Le certificarono un imparziale 50 per cento con l'inserimento nella categoria protetta dei "disabili del lavoro". Non se ne faceva niente.

Prese quel 50 per cento e lo portò a casa mentre al Tg continuava a vedere finti invalidi percepire pensioni di sostegno da anni.

Con l'operazione, oltre ai capelli, furono tagliati via tanti ricordi. Ebbene sì, smise di ricordare parecchie cose, ma parecchie... Ricordava poco. Come se ogni giorno il self tape della sua vita si riavvolgesse per ricominciare col nuovo sole nascente. Durante la notte cancellava quasi tutto e il risultato era una sensazione pacifica. Una cosa, questa, che Clio si è portata avanti negli anni fino a oggi. Quando, infatti, le viene chiesto: «Ti ricordi?», e deve sforzarsi di cercare nella memoria, si sente male. Una sorta di attacco di panico accompagnato dall'urgenza di fermarsi, guardare un punto davanti a sé e concentrarsi sul presente.

In quel periodo tendeva ad appuntarsi le cose su fogli, quaderni e diari. Liste su liste. Un continuo programmare e tracciare per non dimenticare. Eppure dimenticava lo stesso.

«Ma io c'ero?», «Maddai, ero vestita così?», «Ma in che anno?», «Chi era?», «La conosco?», «Siete sicure che eravamo insieme?», «Veramente?»: queste erano le domande di routine cui erano abituate le amiche sempre presenti.

«Sì, tu c'eri», «Sì, eri vestita così...», «Era l'anno...», «Lei era...», «Sì», «Sì, sì, sì»: queste le risposte che riceveva. Le amiche non si sorprendevano più. L'aiutavano solo a ricollocarsi. Come fosse una cosa normale.

«Che bella questa cosa che non ti ricordi niente, però!» diceva Martina.

«Sì, per alcuni aspetti è bella perché per esempio dimentico i litigi. Cioè a volte non ricordo proprio il motivo della discussione e quindi dopo un po' me ne frego e passa tutto. Faccio più fatica a provare a ricordare che a guardare altrove e pensare a un diversivo!»

«Se, magari! Io mi ricordo qualsiasi cosa, quindi mi capita che litigo per giorni. Poi ricordo i torti subiti... lasciamo perdere» rispondeva sconsolata l'amica.

«Vabbè, anche io ricordo delle cose. Ma è più una memoria emotiva. Cioè, le situazioni specifiche no, però, se qualcuno mi ha fatto del male, l'emozione resta» affermava sincera.

A volte pensava di aver cominciato quel triste processo di oblio ancor prima, per via delle canne, a volte invece lo associava all'intervento. Non sapeva se la causa fosse scientifica o psicologica. Da un lato le aree del cervello che si occupano di memoria a lungo o a breve termine sono diverse e la sua cicatrice temporoparietale le comprendeva entrambe, dall'altro, l'animo umano per proteggersi ricorre a strategie.

Alcune reminiscenze indelebili sono rimaste negli anni come pezzi di un puzzle, ma il resto è sfumato e Clio non ne ha mai sentito la mancanza. Per esempio, non ha mai dimenticato né lo farà in futuro uno struggente scambio di battute: «Mamma, sono incinta».

«Lo tieni, vero?!» Tutta felice.

«Non dirlo a papà, per favore. A nessuno» E aveva guardato sua madre senza sentirsi capita.

23

Abortus, -ūs, der. di *aboriri* "perire"

Roma, 2005

Clio rimase incinta e decise di abortire.
Accadde così.
Un inciso drammatico.
Quasi in sordina e all'insaputa di molti.
In quella vacanza splendida il chiodo schiaccia chiodo ci fu realmente con uno dei ragazzi greci e Mattia fu spedito nel dimenticatoio.
Si amarono di quelle passioni giovanili tanto che, anziché lasciarsi con i capelli lunghi e un po' di sana arroganza, continuarono a stare insieme anche quando lei divenne Calimero, con una tenera ingenuità elevata all'ennesima potenza.
La storia d'amore, un po' per la distanza e un po' perché doveva andare così, durò diverso tempo, ma non ebbe un lieto fine.
Non usava la pillola anticoncezionale perché era sufficientemente imbottita di medicine e un giorno la natura ebbe il sopravvento sulla loro volontà. Non era il momento, non era la storia della vita, non era pronta, sentiva che non ce l'avrebbe fatta. Prendeva farmaci pesanti che potevano avere effetti collaterali dannosi sul feto (come malformazioni o altro) e già era cominciato l'andirivieni in ospedale per le crisi epilettiche.

A lui lo disse per trovare conforto, forza, sostegno. Magari le avrebbe fatto cambiare idea, chissà... ma fu peggio che cadere in un burrone. Senza pensarci la guardò appena di sottecchi e disse come un robot: «Non voglio diventare padre fra nove mesi».

Lei cadde giù. Negli abissi freddi e scuri.

I medici che la seguivano non poterono fare altro che appoggiare la tormentata decisione perché, oltre ai farmaci, doveva ancora riprendersi dal trauma subito e non sarebbe stata in grado di portare avanti la gravidanza. Figuriamoci crescere un figlio.

Scrissero a chiare lettere il loro consenso, ma aggiunsero che non poteva ricevere l'anestesia totale perché sarebbe andata a interferire con il sistema nervoso centrale, quindi l'Ivg l'avrebbe dovuta fare da sveglia.

Quel giorno, più simile a una buia notte, toccò la morte con un dito e ne rimase gelata come fosse andata in cancrena. Provò un freddo ghiacciato ovunque, che la privò delle forze facendola tremare per ventiquattr'ore. Per fortuna una volta a casa lui rimase sdraiato al suo fianco, ma la sofferenza non sparì.

Come avrebbe spiegato quello che stava provando a chi non voleva figli? A chi li aveva persi? O a chi stava facendo di tutto per averli? Come?

Dovette soffocare l'immenso dolore dentro di sé.

Col passare dei giorni si rese conto di non aver mai sentito prima di allora nessuna ragazza parlare dell'argomento. Pensava di essere l'unica al mondo, ma comprese che non era affatto così.

Anche prendere l'appuntamento fu difficile. Quel giorno/buia notte lo stanzone era pieno di altre donne intente a fare la stessa cosa, ognuna per un motivo diverso: chi per lavoro, chi perché aveva già troppi figli, chi perché aveva subito una violenza, chi semplicemente perché non lo voleva... Il giorno dopo e quello dopo ancora e quello dopo ancora sarebbe stato ugualmente pieno lo stanzone e così nell'ospedale più vicino e così ancora negli altri ospedali della città.

Non sapeva se si trattasse di un clan di mamme mancate che non sapevano quello che facevano o di donne finalmente libere di decidere della propria vita e del proprio corpo, fatto sta che, nonostante non provasse un briciolo di senso materno, si sentiva comunque orribilmente colpevole e sola. Rifugiò nel Signore le preghiere implorando perdono.

Poi, una sera, quando aveva ripreso a fare le cose di sempre, sentì il bisogno di tirare fuori tutto. «Aspettate... aspettate» disse sussurrando. Voleva dire altro da quello che aveva imparato a memoria. Sapeva che l'avrebbero sentita in tanti, anche gli spettatori dell'ultima fila.

«In realtà non è questo il monologo. Non sono parole mie. Voglio dirvi qualcos'altro.»

Riuscì a catturare l'attenzione anche di qualcuno che aveva appena preso in mano il cellulare.

«Scusate. Mi devo confessare... anzi, non "confessare"... lo devo dire e basta.»

La gente la guardava attonita e lei comprese che volevano davvero ascoltarla.

«Sto scoppiando. Ho abortito tre giorni fa. Sto inseguendo qualcosa che... non so... Sto scappando da una verità che non riuscirò più a cancellare. Ho fatto la cosa giusta, lo so... No... forse no.»

Il teatro si ammutolì. Le teste si sporsero in avanti per non perdere una parola.

«Sento un vuoto enorme. Mi sento in colpa. Ho bisogno di staccare con tutto. Lui non voleva diventare padre fra nove mesi. Non è stata colpa mia. Non ho saputo fare diversamente. Sono una codarda. Una vigliacca. Un'assassina.»

Una ragazza molto giovane in seconda fila si alzò e andò via velocemente.

Clio prese del tempo in segno di rispetto per quel congedo.

«Non posso tornare indietro. Mi sono sentita tremendamente sola con un macigno sulle spalle, all'improvviso. Appena l'ho saputo... ma io, a dire il vero, lo sapevo da prima ancora. Ho sognato che ero rimasta incinta. Era un maschio. E poi ho percepito anche qualcosa muoversi dentro di me, è stato orribile. Spaventoso. Non so quello che ho fatto. Me ne pentirò a vita.» Gli occhi cominciarono a lacrimare. «Ho ventitré anni e non ho avuto il coraggio di diventare madre. Scusate.»

Una signora anziana, togliendosi gli occhiali, fece un piccolo colpo di tosse.

«Che c'è? Non mi credi?» chiese Clio guardando in direzione di quel suono. «Dico sul serio. Come si può fare una cosa così atroce a una creatura innocente che già vive?» Abbassò la testa. «Siamo diventati dei mostri... noi esseri umani, pieni di paure, pensieri contorti, complessi.» Poi, guardando verso la quinta come se ci fosse qualcuno, disse: «Che cos'è? La società? La famiglia? Mia madre? I soldi? Il contesto? Cos'è che mi fa rinnegare quello per cui sono nata? Ho seni, utero, mestruazioni, cosa ho fatto?».

E voltandosi di nuovo verso la platea chiese con grande avidità: «Ma siamo solo madri, noi?».

Nessuno rispose.

Prese un lungo respiro mentre con la mano destra si tirò via il muco che le colava in bocca.

«Ho provato un senso di angoscia appena l'ho saputo. Sì, perché non era il momento. Ho guardato lui e gliel'ho detto per trovare conforto forza sostegno. È stato peggio che cadere in un burrone. Senza pensarci mi ha guardato appena sotto gli occhi e ha detto come un robot: "Non voglio diventare padre fra nove mesi". E son caduta giù. Negli abissi freddi e scuri. E là ho voluto gettare anche il piccolo, come fosse colpa sua, povera creatura innocente. Non era ancora nato e già toccava la malvagità di noi umani. Sono corsa per farlo il giorno stesso. Perché mi guardate così? Sono sicura che fra di voi c'è un'altra come me. Oppure no, sono l'unica. Volete farmi capire questo. Aaahhh...»

Abbassò gli occhi per un attimo a cercare conforto in un pezzo di vite che usciva dal palco.

Alzò di nuovo lo sguardo. Caricò il diaframma e, fissando il traguardo di quella gara con se stessa, cacciò fuori tutte le parole: «Mi hanno detto che dovevo aspettare almeno due mesi per assicurarmi che col raschiamento non rimanesse nulla. Tremendo. Un'attesa infinita. Un marsupio che ogni giorno coprivo. Una nausea che camuffavo. Un legame da cui fuggivo. Un richiamo che non ascoltavo. E dopo quei due mesi non ho esitato. Avevo quella paura che si ha quando ti stai per fare la prima pera e sai che non tornerai indietro. Non volevo ma volevo. Volevo ma non volevo e alla fine l'ho fatto. Nell'incontro preliminare la dottoressa sconosciuta mi ha fatto una predica. Domandava. Si ripeteva, chiedeva… "Perché. Sicura. Lo sai. Se vuoi. Maddài. Magari. Potrebbe. Forse…" Voleva farmi ragionare, ma niente. Ero diventata un automa solo per avere quelle due firme e fissare l'appuntamento. Poi il giorno è arrivato. Ero determinata e terrorizzata. Sono andata. Ho guardato l'ultima volta negli occhi quell'uomo… mentre l'infermiera robotica mi asciugava glaciale una lacrima che scivolava di lato. Quell'uomo che ogni giorno toglieva la vita laddove il miracolo era avvenuto. Come un giardiniere freddo e cinico ha raso al suolo ogni germoglio che tentava di farsi strada dentro di me. Dovevo restare sveglia per evitare interferenze con la mia cazzo di testa. Solo un po' di anestetico mentre la cosa migliore sarebbe stata dormire… dormire e non svegliarsi più. Ho sentito tutto. La sensazione della pala che raschia… Non posso spiegarlo. Non riesco. È stato tremendo. La morte, dentro di me. La morte. Grattava, raschiava, grattava. Un dolore pazzesco e chissà quanto ne ho fatto a lui, così debole e fragile. Dopo l'ha gettato nell'immondizia come qualsiasi altro pezzo di carne scartato in cucina. Non ci credo. Mi sento morta dentro adesso. Non ne uscirò più. Non capisco dove ho trovato il coraggio di andare nella direzione opposta. Vedo quel piccoletto nel palmo della mano pieno di sangue, freddo e senza più radici. Che tristezza, che pena che ho per me, che resterò qui a commiserarmi fino all'ultimo soffio di vita, se "vita" si può chiamare un'esistenza fatta di sofferenza e rimorsi. Vorrei raggiungerlo di là e dirgli che è stata solo colpa mia. Ah, che dolore!».

Avrebbe voluto gridare queste parole a squarciagola, ma allo stesso tempo non avrebbe mai osato mancare così al suo dovere né tantomeno urtare la sensibilità di quegli sconosciuti venuti a teatro per un po' d'intrattenimento. Allora infilò tutto nel sottotesto e, disciplinata come sempre, col colletto della maglia bagnato di lacrime, pronunciò l'ultima frase del monologo che il regista aveva scritto per lei.

Ci fu un grande applauso in risposta alla macabra e mai rivelata confessione.

24

Trauma

Roma, 2006

Col passare dei mesi, i giorni ripresero a scorrere e, accantonando da qualche parte il lutto senza realmente elaborarlo, dovette farsi forza per affrontare una nuova sfida.

Ci fu un altro down. Bisognava scontare ancora qualche pena perché evidentemente non era ancora riuscita a trasformare la sofferenza in amore. Lei questo credeva: doveva trasformare le brutte esperienze. Cambiarle. Eppure qualcosa dentro continuava a essere aggrovigliato. Nodi, nodi, nodi.

La spossatezza e un pomo d'Adamo fuori posto portarono a una nuova, scandalosa diagnosi.

> Strisci citologici riccamente cellulati caratterizzati da materiale ematico e tireociti che mostrano atipie citocariologiche con inclusi "grooves" e polimorfismo cellulare. Quadro citologico indicativo di carcinoma papillare siglato K.

In parole povere, aveva il cancro alla tiroide. Com'era possibile? Benedetta la giovane dottoressa che insistette ad aspirare con l'ago mentre ricuciva la sua vita in frantumi. Era disperata. Tentava di sollevarle il morale, poveretta. "Ma perché nessuno se n'era accorto prima? Perché mi hanno illuso che ormai basta, che è tutto finito e posso tornare a fare le cose di sempre?" continuava a chiedersi. Erano trascorsi solo tre anni dal lungo ricovero in Neurologia. E gli esami dopo le crisi dicevano la medesima cosa.

La paziente ha presentato una nuova crisi convulsiva generalizzata, come prodromi riferiti disturbi visivi (offuscamento della vista). All'ingresso è sonnolente ma risvegliabile, non meningismo né pressione endocranica. Non disturbi di linguaggio. Non deficit focali sensitivi, né motori a carico degli arti superiori e inferiori. Riflessi osteotendinei normoevocabili e simmetrici, non Babinski. Dalla Tac: in sede parietale destra presenza di un'area rotondeggiante, ipodensa dal diametro massimo di 3 cm, contenente una clip metallica, reperto tomodensimetrico compatibile con un difetto parenchimale in esiti di intervento chirurgico. Regolare il restante quadro del neurocranio.

Tutte queste parole e non uno che le dicesse come stavano le cose.
Rabbia. Un'altra malattia. Un altro intervento. Un'altra cura, un altro stanzone, altri letti, altri medici, altri, altri, altri.
Era sola quando fece l'esame dell'agoaspirato e, mentre chiamava a casa per dare la brutta notizia, fu sopraffatta dal dolore. Cadde svenuta a terra.
Il tempo di riprendere conoscenza, e subito sentì il pianto ovattato della madre che la chiamava al cellulare. Sollevò gli occhi al cielo, guardò l'azzurro e ricordò: doveva aggrapparsi a Gesù, per forza.
Nonostante la tiroidectomia e lo iodio radioattivo, la prima scintigrafia ossea total body scovò qualche cellula tumorale che l'aveva fatta franca e fu operata una seconda volta. La caposala la salutò consegnandole un altro famigerato attestato.

Viene dimessa in data odierna la Sig.ra Evans Clio Alexandra di anni 24 ricoverata dal 21.10.2006 presso l'Unità Operativa di Chirurgia Generale per metastasi linfodonale latero-cervicale destra da K papillifero della tiroide in paziente già sottoposta a intervento chirurgico di tiroidectomia totale e linfoadenectomia latero-cervicale destra nell'aprile u.s.

Le sembrava di stare dentro un film dell'orrore senza scampo. Era esausta. Ancora oggi le capita di sognare gente che la segue con aghi e siringhe in mano.
L'ospedale divenne una seconda casa, tanto che perse il contatto con la realtà. Le amiche erano una finestra sul mondo e nei loro racconti si teneva ancorata alla sua età.
Le mancava la leggerezza. Le mancavano tante cose.

Un trauma cambia la vita. Come dice la parola stessa, trauma (dal greco τραυμα) è una ferita, il più delle volte visibile ma, quando non lo è, la cicatrice è senza dubbio indelebile. Gli esiti possono essere opposti. O ci si chiude a riccio in un'abissale depressione continuando a chiedersi increduli il perché, allungando i tempi di guarigione, o si reagisce con una forte carica intuendo che il perché, prima o poi, arriverà. Per una serie di fortunate situazioni, lei imboccò la seconda strada e si diede da fare per andare oltre senza soffermarsi su un particolare momento. Lo sconforto bussava alla porta e di quando in quando gli dedicava un po' di sé, ma dopo tornava all'obiettivo. Doveva andare avanti. Puntava dritto e scavalcava come montagnette di rifiuti qualsiasi ostacolo sul cammino.

Per tre anni era stata più dentro l'ospedale che fuori e, in base alla sentenza "La sofferenza insegna", quel periodo fu per lei una sorta di università. Dalla prima degenza del 2003 afferrò il significato vero della parola "tortura". Le tornavano alla mente le immagini che aveva studiato alle medie dove aguzzini torturavano prigionieri col volto deformato dal dolore. Colui che procura sofferenza fisica può ottenere qualsiasi cosa dal malcapitato. Poi ognuno ha la sua soglia e lei avrebbe fatto di tutto pur di smettere di star male. Aveva polsi e caviglie deturpati dagli aghi, dalle flebo penzolanti e dall'approssimazione di alcuni infermieri.

La testa: la cicatrice fuori e il cervello dentro, cefalea pura. Il vuoto nel ventre e la gola firmata da un nuovo sfregio l'avevano segnata. Era stanca e prematuramente invecchiata.

Dopo aver sentito tanto patimento fisico, imparò che, per quanto si impegnasse a far capire agli altri cosa avesse attraversato, non sarebbe mai riuscita a trasmettere esattamente la tribolazione che aveva vissuto in quegli anni. L'Altro non era stato nel suo corpo, punto. Allo stesso modo lei non sarebbe stata in grado di capire realmente le pene altrui. E questo le fece fare sempre un passo indietro di fronte a chiunque.

«La vita è difficile per ogni essere vivente e, se non lo è ancora stata, lo sarà prima o poi... ma, grazie al Cielo, dicono che siamo messi alla prova solo con ostacoli che possiamo superare» aveva detto un giorno alle amiche.

25
Ho smesso di avere paura

Cominciò a spendere tempo a guardare le persone negli occhi. Parlava meno e ascoltava di più. Era rasata a zero e aveva uno scalpo ricamato con quarantadue punti sul cranio, quindi sicuramente non passava inosservata e qualche occhio addosso ce l'aveva; eppure improvvisamente non era più lei il centro del mondo. Tutti intorno o erano potenziali malati o avevano un parente che stava male o avevano semplicemente bisogno di aiuto. Era sana e salva, incolume da qualsiasi errore di malasanità e non poteva non prenderne atto. Doveva fare qualcosa, rendere testimonianza, aiutare, sentiva di avere una missione. Se era stata graziata, c'era di certo un motivo che il tempo le avrebbe mostrato. Iniziò ad amare il prossimo suo come se stessa e comprese che in questa vita dare è meglio che ricevere.

Nelle ambulanze che vedeva e sentiva per strada pensava sempre che poteva esserci lei, così, se era in auto, accostava immediatamente per lasciare spazio e rivolgeva un pensiero all'Alto. Come una sfera al plasma bastava uno sguardo, un contatto, a volte anche solo il pensiero per sprigionare cariche luminose e sintonizzarsi con chi aveva bisogno. Anche un abbraccio, una carezza o una parola di conforto potevano evitare catastrofi. Non c'erano più fronzoli, convenevoli, salamelecchi, ma solo l'essenzialismo più puro e potente insieme a una sana dose di salvifico egoismo.

Si sentì fortunata ad aver vissuto quella metamorfosi da giovane perché ebbe l'opportunità di cambiare vita prestissimo. C'è gente che attraversa eventi simili in età avanzata e ormai gran parte del cammino è fatto.

Riprendersi completamente richiese tempo e impegno e non fu facile, per questo iniziò ad avere cura del suo corpo, a coltivare l'amor proprio: mangiava e beveva bene e decise di occuparsi anche della psiche iniziando un percorso di analisi. Essendo fragile, non riuscì a farlo durare a lungo ma fu positivo quel primo approccio psicologico.

Fu invece leggermente negativo, o comunque incomprensibile per lei, il lungo periodo di esami in ospedale per verificare se il cervello funzionasse come prima. Grandi sale vuote. Sola con in testa il casco che leggeva le risposte intracraniche e davanti agli occhi un vecchio monitor con piccoli quadratini che si alternavano in astruse e noiose apparizioni e sparizioni. Infiniti quadratini. Esercizi. I riflessi del dito indice su un tasto dichiaravano se era ancora quella di una volta. Non concepì mai il senso delle scariche elettriche su alcuni punti del corpo. Volevano verificare la reazione sul ginocchio, sul gomito, persino in testa, che dolore! Il rumore della scossa era uno schiocco spaventoso. *Pam! Pam!*

Un'altra conclusione a cui giunse grazie a queste vicende fu che affannarsi non serve a nulla. Non ne vale la pena.

«Quello che dovrà essere sarà e con l'impegno arriva tutto. Arrancare, stancarsi, stressarsi per qualcosa che vogliamo, ma che non sta arrivando, è inutile. Inutile, capisci? Essere arrabbiati col proprio corpo che non è bello come quello dei cartelloni pubblicitari lo è ancora di più. Il nostro corpo è l'unico involucro di cui siamo realmente proprietari e che, se Dio vuole, rimarrà con noi fino alla fine, quindi, prima impariamo ad amarlo, meglio è. Così saremo in grado di riempirlo con le cose più belle» diceva a Sofia quando aveva dei momenti di sconforto per qualche chilo in più.

Incontrava persone tristi perché non avevano questo o quello mentre perdevano di vista il fatto che fossero in salute, e si dispiaceva per loro.

«Ti dobbiamo dire una cosa, tesoro» disse una volta Martina mentre erano in macchina. «È successo qualche giorno fa» continuò con un'espressione preoccupata.

«Ditemi» rispose serena.

«Però ci stiamo muovendo per risolvere» aggiunse Anna.

«Eh, ditemi.»

«Già oggi pomeriggio credo che abbiamo recuperato!» asserì Francesca.

«Cosa?» domandò.

«Praticamente dopo quasi una settimana che sei stata male... siamo passate sotto casa tua e abbiamo visto la tua auto...» disse Sofia ma aveva paura di continuare.

«E allora?» incalzò curiosa.

«Niente... abbiamo visto il vetro del finestrino rotto e praticamente ti hanno rubato lo stereo. Ci dispiace, tesoro» concluse Martina.

«Che sarà mai, ragazze! Sai che m'aspettavo!» esclamò sorridendo felice. Le sembrava una sciocchezza assoluta. Senza senso e senza peso. Si rasserenò che stavano tutti bene e che non era successo niente di grave.

Ecco, prima una roba del genere l'avrebbe presa male, invece adesso non gliene fregava niente. Ma niente proprio. Pensò qualche istante al ladro e alla sua condizione e basta.

La salute era l'*unica* cosa che contava.

E ancora oggi la pensa così.

Era pervasa di gratitudine e spiritualità. Pregava con la bocca e ascoltava le sue stesse parole. Quando non bastava, scriveva il *Padre Nostro* su un diario che le avevano regalato: la stessa preghiera, la stessa scrittura su giorni diversi del calendario. Una piccola Bibbia divenne il suo manuale d'istruzioni. Quando non sapeva come muoversi, andava all'indice, cercava il tema e leggeva la soluzione. O a volte pregava per avere esattamente la risposta e con gli occhi chiusi sfogliava le pagine fino a che le dita si fermavano da sole per darle quello che cercava.

«Adesso che non stai lavorando e che stai ricominciando un po' tutto, non sei preoccupata? Non hai paura?» le chiese la madre come se parlasse a un'amica mentre erano sedute al bar.
"Paura…" si mise a pensare.
"Paura di che…?
Paura di non lavorare più?
No, impegnandomi, prima o poi un lavoro lo trovo.
Paura di restare sola?
No, non sono sola, Dio è con me.
Paura di non sposarmi?
No, evidentemente non sono fatta per la vita di coppia.
Paura di non fare figli?
No, il mio destino è amare quelli che già esistono.
Paura di ingrassare?
No, il mio corpo è bello così com'è. Farò sport.
Paura di viaggiare?
Perché mai? Siamo fatti per quello.
Paura di ammalarmi?
No, non ci penso proprio. Se mai accadrà, guarirò.
Paura di invecchiare?
Forse un pochino ma ci ragionerò quando sarò vecchia.
Paura di perdere i miei cari?
Abbastanza, ma devo essere in grado di affrontarla e vincerla."

«No, mamma, non ho paura» la risposta uscì decisa, sebbene colse alla sprovvista anche lei.

Le mostrò la Bibbia che aveva con sé e sgranò gli occhi ridendo, come se le avesse fatto vedere che in borsa aveva nascosto la kryptonite di Superman.

«Proprio così. Ho smesso di avere paura. Temo solo il giudizio di Dio» la confortò.

La mamma si compiacque di qualcosa che ammirava, ma che in fondo non aveva mai approfondito, e bevve il cappuccino in silenzio.

Clio sapeva che sua madre parlava della vita di tutti i giorni, ma sapeva anche che la *vera* paura dell'essere umano è quella di morire, e lei non ce l'aveva più.

Da quel 9 settembre 2003 riusciva a distinguere l'esperienza del qui e ora da quella dell'aldilà, dell'ignoto. Di qua vedeva, di là non sapeva. Perché doveva temere qualcosa che non conosceva? Peraltro non era il suo momento, Gesù era stato inequivocabile e le aveva fatto un'enorme trasfusione di pace. Non ci avrebbe pensato ulteriormente alla morte. La fede si moltiplicò e il benessere le impose di rimanere con i piedi ben saldi a terra. Aveva già sofferto abbastanza, ora doveva solo gioire del presente. Non c'era più tempo per preoccuparsi di ciò che non c'era.

Continuò così per lungo tempo, con tutte le ricadute del caso dalle quali ogni volta si rialzava, e la vita lentamente riprese a tingersi dei colori di prima: giallo, rosso, blu, come l'amicizia, il teatro, gli studi.

Finché inaspettatamente si fece tutta rosa.

Era arrivato Amore.

26
La vita

Roma, 2013

La gavetta teatrale l'aveva temprata fortemente e altrettanto fece l'università. Sì, perché, avendo le mattinate libere, decise di iscriversi alla triennale di Lingue e Culture Straniere. Non poteva perdere un'occasione così importante. Il tempo adesso lo aveva ed era sicura che non sarebbe stato sempre così. Era appassionata di libri e dava, senza problemi, tutti gli esami al primo appello. Quando non era a teatro la sera, lavorava come responsabile di cassa in un bel ristorante di Roma Sud.

Una volta accadde che ci andò a cena la rock band più famosa d'Italia, i Negramaro, che alloggiava nell'albergo adiacente. Erano contenti in sala di accoglierli e lo era anche lei, pur non conoscendoli bene. La band mangiò nel privé del ristorante e Clio non ebbe modo di chiacchierare con i componenti.

A un certo punto il front-man Giuliano Sangiorgi e il chitarrista Lele Spedicato uscirono nel giardinetto per una boccata d'aria mista a nicotina. A quel punto uno dei camerieri le si avvicinò e le chiese: «Clio je chiedi se se famo 'na foto 'nsieme? Dai, me vergogno!».

«Ok!» rispose lei col sorriso, e andò dai due musicisti.

«Ciao, ragazzi! Potete fare una foto con lui?» disse, indicando il collega.

«Certo!» risposero insieme.

Dopo lo scatto fece per allontanarsi educatamente in modo da lasciarli soli, ma una voce, che non dimenticò più, la fermò. «E tu? Una foto non te la vuoi fare?»

Boom!

Clio proprio non se l'aspettava. Accettò volentieri l'invito. «Certo» disse con un gran sorriso e si mise in mezzo ai due salentini.

«Che carino! Ma chi è quello con la barba? Ammazza!» Lei credette di pensarle queste cose, e invece le pronunciò veramente perché qualcuno le rispose togliendole il dubbio: «È il chitarrista».

Ne rimase affascinata, ma ogni cosa si esaurì in quell'unico ed esclusivo incontro perché, finita la cena, i ragazzi se ne andarono così com'erano venuti. Lei tornò al suo lavoro in cassa e poi ai suoi studi e poi al suo teatro e infine alla sua vita da single.

Passarono i mesi e arrivò il momento di tirare le somme. Un lavoro "normale" lo aveva e le piaceva, la sua passione riusciva a portarla avanti anche se non proprio come avrebbe desiderato… e a breve si sarebbe laureata. Mancava solo qualcosa.

Voleva amare qualcuno. Voleva essere amata. Il dolore si era trasformato in profonde radici che non la facevano sbandare. Finalmente riusciva a stare in piedi da sola e sentiva che si sarebbe potuta unire a qualcuno del suo stesso spessore, prenderlo per mano e camminare insieme in perfetto equilibrio.

Si affidò al Signore perché, stando dietro quella cassa dal lunedì al sabato, pensava di non avere abbastanza occasioni per incontrare gente e ormai cominciava a essere un po' sconsolata.

Un giorno era nella sua camera e si mise a pregare intensamente. Chiese in maniera specifica di avere un uomo, di trovare un partner. Non si sentiva ridicola. Ci credeva fortemente.

«Ti prego, Gesù. Ti prego, Gesù. Mandami qualcuno. Sono

pronta. Mandami una persona valida da amare» ripeteva a occhi chiusi e con le mani giunte.

Dopo tre giorni esatti, mentre era in cassa a inizio turno, entrò Lele, da solo.

Ariboom!
Musica.
Stelline.
Profumo nell'aria.

Com'era possibile? Proprio lui era ritornato là dentro? Per di più da solo!

«Ciao!»
«Ciao!»

Si scambiarono un'occhiata complice.

«Posso avere un caffè?»

«E tu, con quel ciuffo, ti prendi solo un caffè?» fu il controcanto a scoppio ritardato di: "E tu? Una foto non te la vuoi fare?".

«Per ora mi prendo il caffè. Poi dopo ritorno...!» rispose sorridendo, pieno di allusioni fra le labbra.

Wow!

Clio stava lavorando e non poteva tornare a casa a farsi bella. Si convinse che era comunque abbastanza carina per affrontare dignitosamente la serata.

Lui tornò per cena e lei, che accompagnava anche le persone ai tavoli, lo fece accomodare a un tavolo proprio davanti alla cassa.

Fra una portata e l'altra si studiarono curiosi. Fu il turno più bello di sempre per lei e una cena molto lunga per lui, che aveva deciso di aspettare che finisse di lavorare.

A fine serata, dopo l'ultimo amaro, si persero in chiacchiere e lei fu corteggiata come mai le era capitato in vita sua. Quella persona così sconosciuta ma allo stesso tempo così familiare non volle lasciarsela scappare. E lei, che non aveva mai visto tanta tenacia e testardaggine, decise di abbandonarsi a quel marcamento stretto. In fin dei conti avevano entrambi la stessa meta.

C'era un non so che di femminile in lui che legava perfettamente con la sua parte maschile e sin dal primissimo istante furono attratti l'uno dall'altra come il magnete con il metallo. Un colpo di fulmine impetuoso arrivato dopo parecchia quiete.

Lui aveva un triangolo isoscele piccolino mappato da tre nei neri sulla parte destra del collo. Lo notò subito. La cosa incredibile era che lei ne aveva uno uguale, identico, spiccicato nello stesso punto. E se quella figurina geometrica non fosse bastata a convincerla che si trattava della persona giusta, si aggiunse il fatto che erano nati lo stesso giorno con un anno di differenza. Controllarono persino i documenti e furono ugualmente sciuccati nel leggere quel 26 ottobre su entrambi.

Le parve finalmente un segno del destino.

Da quel 6 giugno 2013 non si lasciarono più.

Un paio di settimane dopo Clio avrebbe dovuto fare uno spettacolo a Lecce e si sarebbero rivisti. Un'altra decina di giorni dopo lui avrebbe fatto un concerto all'Olimpico di Roma e quindi si sarebbero visti di nuovo. Ci furono altri due, tre fortuiti incastri. Insomma, pur vivendo in posti diversi, si ritrovarono nella stessa città per motivi che prescindevano la loro storia. Non capita sempre.

Lui era bello, simpatico, dolce, cazzuto, moro. Aveva delle mani splendide ricamate da anelli che lei amava toccare e intrecciare con le sue per guardarle ballare sullo sfondo del cielo. Pieno di peli che sentiva strusciare sfuggenti su di sé quando si abbracciavano. Era tremendamente sensibile. Si accorgeva di qualsiasi mutamento d'umore solo attraverso una minima alterazione della voce. Sorrideva sempre e insieme ridevano di continuo. Erano d'accordo su tutto. Vedevano il mondo alla stessa maniera. Se taceva, lui parlava per lei e viceversa. Gli occhi neri penetranti che, come i suoi, nascondevano un mare di lacrime. Quelli di Clio per un dramma già trascorso, quelli di lui per qualcosa che doveva ancora avvenire.

Arrivò agosto e decisero di partire insieme.

Clio ed Emanuele (nome che significa "Dio è con noi"), detto Lele.

Stavano per andare in Grecia. Lei ne era innamorata sin dai primi viaggi in famiglia e così ci tornava sempre. Aveva tutto quello che cercava. Credeva fosse la meta adatta a qualsiasi età: il ragazzino poteva sballarsi e divertirsi, la coppia in luna di miele trovava il giusto romanticismo e due pensionati riscoprivano il gusto della condivisione. C'era qualcosa nel bianco delle case, nell'aria fresca delle isole che la inebriava. Si sentiva più piccola. Senza pensieri. Il caldo così secco la faceva sentire forte. Le persone, le facce, la lingua le appartenevano. Il detto "Una faccia, una razza" era la cosa più azzeccata che avesse sentito in vita sua.

Avrebbero iniziato il viaggio da Paros, dove ancora non era stata. Era agitatissima ed emozionatissima non per il posto ma per la compagnia. Non sapeva se fosse la decisione giusta, eppure qualcosa dentro continuava a dirle: *"Carpe diem!"*. Si conoscevano da un paio di mesi ma voleva fidarsi dell'istinto e andare. Sentiva che quel viaggio sarebbe stato il primo di una lunga serie.

Aveva scoperto la sua Colonna d'Ercole, avrebbero affrontato il mondo. E forse l'intensa esperienza dentro gli ospedali e dentro il corpo umano le sarebbe tornata utile un giorno, perché non poteva essere accaduta senza una vera ragione, nulla avviene per caso.

Nulla.

Capovolse completamente l'idea che si era fatta del genere maschile. Era incredula di cotanta bellezza. Non riusciva a credere che un maschio potesse avere così tante attenzioni e premure. Ci mise un po' a fidarsi di tanta grazia.

Una delle prime sere nell'Egeo se ne stettero dolci e sexy in un ristorantino a lume di candela. La luna era enorme e sembrava vicinissima. Il mare che andava e veniva faceva un suono bellissimo. Lele aveva un taccuino nero in cui Clio intravedeva una miriade di sillabe "Do-Re-Sol-Mi..." scritte random sulle pagine. C'erano anche dei bei disegni. Tutta roba sua. Lui a un certo punto lasciò il piatto che aveva ordinato, chiese una penna al cameriere e non parlò più.

> Nasce dal nulla un incontro rubato al Tempo, quando tutto sembrava finito un nuovo giorno ha disegnato l'infinito.
> Guardo dritto all'Orizzonte, non importa se è un'alba o un tramonto, l'importante è che sia elegante o almeno divertente.
> Rido. Mi chiede: «Perché ridi?».
> Rido, e poi ancora rido e libero il mio spirito. Sento il vento, respiro gli odori e tutto diventa un quadro al di là dei colori.
> Il mare è calmo, il tempo è fermo.
> Le luci di un'isola si rispettano con costante intermittenza.
> Cara pazienza, quanto ti ho desiderato per dare un senso ai giorni del passato.

Quando ebbe finito di scrivere, spostò leggermente il quaderno verso di lei e le permise di leggere.

Si emozionarono insieme perché qualcosa stava accadendo. Si stavano davvero innamorando. E nonostante la paura di soffrire andasse a pizzicarli quando erano distratti, si fidarono ciecamente l'uno dell'altra e, scottati dal fulmine, si strinsero in un abbraccio pieno di promesse. La più seria di tutte fu a Leros davanti a un prete, un paio di testimoni e qualche invitato.

Una chiesetta in mezzo al mare sancì l'unione indissolubile.

Quell'uomo strabordante di risorse divenne suo marito.

27
La psiche

Lecce, estate 2018

La storia viaggiava in maniera appagante e meravigliosa, piena di musica, passione, amici, risate e buon cibo.

Persino l'intestino di Clio fece pace con se stesso! La peristalsi riprese le sue ondulazioni. Sì, perché le emozioni fluivano insieme alle parole ravvivando, di conseguenza, tutte le funzioni corporee.

Decisero di avere un figlio e, grazie a Dio, dopo il matrimonio più bello del mondo, lei restò incinta.

Quando lo comunicò a Lele il 19 marzo, festa del papà, nascose il cellulare per filmarlo. Lui scoppiò a piangere e il suo sguardo da sex symbol si colmò di tenerezza. La testa della gravida, invece, cominciò a colmarsi di strani pensieri. Come sarebbe stata la vita in tre? Gli equilibri? La libertà? L'ospedale? Gli aghi? Le siringhe? Domande su domande. Grattacapi sciocchi ma comunque legittimi, che le impedivano di dormire serenamente.

Temeva di non essere in grado di fare la madre e già dopo il secondo mese senza mestruazioni i mostri del passato si autoinvitarono a casa tutti insieme.

Probabilmente la depressione mai risolta e nascosta sotto il tappeto aveva bisogno d'attenzione. Lei voleva guarire. Non poteva restare impantanata proprio là. Era cresciuta, era consapevole ed era più saggia... però affrontare di nuovo gli ospedali la metteva in agitazione. Non ne parlava più di tanto per non appesantire la vita di coppia, ma il marito sapeva che aveva una ferita aperta. Stava per mettere al mondo un bambino, doveva rimarginarla.

Pensò bene di confrontarsi con lo psicologo di un consultorio locale. Se fossero bastate poche sedute per stare meglio avrebbe terminato con lui, se fosse occorso più tempo avrebbe cercato un professionista privato.

Si trovò davanti un uomo pieno di rughe e con grandi borse sotto gli occhi. Un antropologo avrebbe detto anche che ostentava parecchio machismo, ma trascurò il dettaglio. Il primo incontro prevedeva la compilazione di un questionario di quasi seicento domande, cui aveva dato il consenso perché lui riutilizzasse le risposte in maniera anonima in alcuni studi. Inoltre, come aveva spiegato lo psicologo, la compilazione sarebbe stata utile per raggiungere l'anamnesi e poi decidere la terapia.

Accanto all'uomo era seduta una tirocinante che metteva Clio a disagio. Con rispetto e onestà espresse subito il fastidio di trovarsi davanti a quattro occhi e quattro orecchie anziché due. Quella femmina seduta lì a fissarla in silenzio intensificava all'ennesima potenza l'impressione di essere giudicata. Così chiese apertamente che non ci fosse nell'incontro successivo perché non sarebbe riuscita a sopportarne la presenza. Impiegò un'ora per finire il test, ma dopo i primi venti minuti il dottore si era già allontanato per un caffè.

Le s'incrociavano gli occhi tanto erano fitte e ripetitive le domande. Le era venuta pure un po' di nausea, d'altronde era incinta, ma portò comunque a termine il compito.

Nella seconda (e ultima) seduta non solo la giovane donna era ancora lì presente nella stessa identica e afona posizione, ma lo psicologo parlò in maniera tale da rovinare del tutto l'orizzonte sul suo inconscio.

«Salve» esordì fissandola.

«Salve» fece lei, neutrale.
«Perché non sorride?» continuò un po' infastidito.
«Mah, non so! Perché forse se ridessi non sarei venuta qui.» Neutrale.
Lui, sempre guardando lei, alzò leggermente il mento.
Stettero un poco di tempo zitti tutti e tre.
Restò profondamente delusa dal fatto che la sua richiesta fu totalmente ignorata ma non disse nulla a riguardo, piuttosto voleva dare un senso al viaggio in macchina visto che il consultorio non era nemmeno tanto vicino.
«Allora, il questionario?» chiese con un finto sorriso.
«Quindi oggi sei venuta qui con l'ansia di sapere i risultati del questionario?» domandò con un tono che poteva essere sia altezzoso sia di presa in giro.
«Non con l'ansia... sapevo che oggi mi avreste dato i risultati e ho semplicemente chiesto» rispose, alzando un attimo le spalle e le sopracciglia.
«Allora...» disse lo psicologo, rovistando alcuni fogli e mettendoli in ordine. Poi lesse sul foglio qualcosa scritto sicuramente dalla tirocinante: «Mmm, intanto le sue risposte sono vere... Sì... Nel senso che a volte si può tendere all'esasperazione di una situazione andando ad alterare la realtà oppure in modo superficiale si mette la X sulla stessa colonna, senza nemmeno leggere, quindi omettendo la situazione attuale. Invece lei è stata veritiera».
«Ah, bene» disse lei, sempre alzando le spalle ma abbassando i lati delle labbra.
«Si evince, mmm... si evince... che lei soffre di depressione. Sì» sentenziò lo psicologo annuendo poco poco. «Sì. Sì, lei ha voglia di morire... è irascibile e irritabile. È egocentrica. Ha bisogno di attenzioni. Eeehhh... soffre molto il giudizio altrui e l'autocritica, soffre anche d'ansia, ma la depressione è talmente tanta da sovrastarla» disse continuando a guardare il foglio tutto concentrato. «Soffre anche d'ansia, ma la depressione è talmente tanta da sovrastarla» ripeté, come se lei gli avesse chiesto: "Scusi, non ho capito, può ripetere?", quando invece era rimasta muta.

La fissò intensamente e riprese: «E la sua voglia di morire tende a isolarla. Ha paura degli altri, o meglio, ha paura di condividere questo suo disagio con gli altri, quindi preferisce la solitudine». E dopo quella frase poggiò il foglio sulla scrivania come ad aspettare il voto della tesi.

Clio percepì l'aprirsi di una crepa sotto il collo che arrivò fino allo sterno e che si fermò immediatamente sopra la pancia. Provò una vertigine, ma non le diede attenzione, mentre senza chiudere gli occhi tratteneva la bile che sentiva salire dalle viscere e che probabilmente stava dando fastidio anche al bimbo. Sapeva di non star bene veramente, sapeva che qualcosa nell'infanzia l'aveva fatta soffrire, sapeva anche che gli anni in ospedale l'avevano cambiata, ma non pensava fino a quel punto né tantomeno che uno sconosciuto potesse dirle quelle cose con tanta sfrontatezza.

Si guardò le scarpe e si mise una mano fra i capelli. Le balenarono in mente un'infinità di cose, mentre quei due continuavano a studiarla. Guardò fuori dalla finestra. Ancora le scarpe, ancora fuori, ancora la mano nei capelli, e notò il volo libero di un gabbiano leggero e determinato. Mentre la frase "La sua voglia di morire tende a isolarla" le rimbombava in testa. Si voltò e fissò dritto negli occhi il saccente psicologo. Come attaccata a un'esca non mollò lo sguardo e si alzò lentamente.

Una volta in piedi, lo scrutò dall'alto in basso per rendersi conto con chi avesse a che fare. L'essere, come se non avesse detto nulla di strano, sfoggiò un ghigno. Si aspettava delle congratulazioni per aver azzeccato tutto al volo, ma pensando: "Guarda questo pezzo di merda con che faccia osa parlarmi così", Clio disse solo: «Nemmeno una delle cose che hai detto è vera. E se mai lo fosse, non hai un briciolo di sensibilità e non capisco come cazzo fai ad avere un posto fisso in una struttura pubblica come psicologo, visto che ti manca la cosa più importante per esserlo: l'empatia. Fottiti, stronzo».

Uscì dalla stanza, colpita e affondata. E una volta in macchina capì che quelle frasi se le era dette solamente in testa. Come al solito era stata zitta.

Pianse disperatamente fino a casa.
Che diga aveva rotto quell'uomo... che diga!
«Non ci vado più. Non ci voglio andare più» disse a Lele quando le chiese preoccupato cos'era successo.
Dopo aver scavato una buca, affinché ci fosse più spazio, decise di nuovo di nascondere tutto sotto il tappeto.

28
L'ironia della vita

Lecce, 17 settembre 2018

Quella mattina dovevano andare a lezione di ballo. Per l'indomani invece Clio aveva prenotato due giorni in un alberghetto stupendo. Sarebbe stato molto romantico. Voleva coccolarlo visto che ultimamente fra nausee, paranoie e lamentele lo aveva messo in secondo piano. Anzi, lo aveva decisamente trascurato. Quindi massaggio di coppia in camera con cena servita sulla terrazza privata della stanza. E poi, quattro giorni dopo, sarebbe venuta una bravissima fotografa a immortalare il papà e la mamma col pancione.

Ma non si fece più nulla.

Era presto, circa le otto di mattina, quando rinvenne da un sonno profondo svegliata da un tenue lamento.

Si girò.

«Che c'è?»

«Ho mal di testa.»

«Vuoi un Oki?» gli propose subito, perché lei lo prendeva sempre.

«Va bene. Ahi!» si lamentò Lele a occhi chiusi e con la mano sulla fronte.

Fu colta di sorpresa perché era presto e doveva ancora

svegliarsi. Andò in cucina, prese un biscotto e un bicchiere con acqua e mescolò la polvere appena versata con la stessa bustina.

«Tieni, mangia questo e poi lo prendi.»

Lui non disse una parola. Mangiò e bevve. Cominciò ad agitarsi. Sentì il dolore farsi strada dentro di sé.

«Perché stai in piedi? Siediti, aspetta un attimo» gli disse. Più che dolorante, sembrava nervoso e spaventato perché continuava a sedersi e alzarsi dal letto. «Stai fermo. Se hai mal di testa, devi stare fermo.»

Niente.

«Vuoi andare in ospedale?» chiese infine.

«Va bene. Chiama Stefano e chiedigli se possiamo andare da lui in ospedale» disse convinto.

«Se, vabbè, è lontanissimo! Andiamo all'ospedale più vicino» propose lei.

«Io non riesco a guidare» disse stringendosi la cintura.

«Va bene, guido io» fece lei, mentre cercava di contattare le uniche due persone di sua conoscenza che lavoravano in quell'ospedale per chiedere consiglio sulle modalità d'accesso. Ma dopo qualche secondo ci ripensò e disse: «Sennò chiamo l'ambulanza». Pronunciò quelle parole titubante, perché sapeva quanto lui fosse restio ad allarmismi e ospedali, ma stranamente Lele tacque e andò in bagno.

«Oh Dio, non vedo più dall'occhio sinistro!» urlò all'improvviso stonando la voce con una nota di panico.

«Che vuol dire che non vedi più?» chiese Clio mentre si allacciava l'ultimo bottone del vestito.

«Non riesco a mettere a fuoco!» urlò ancora.

«Ok, allora cerca di non guardare con quell'occhio, stai tranquillo» disse per calmarlo.

«Questa volta è diverso, non mi è mai successo così» replicò ad alta voce con gli occhi sgranati.

A quel punto non seppe che rispondere. Accadde così velocemente. Gli scappò un altro urlo e pianse di paura. Iniziò a spaventarsi anche lei e a verificare che tutto intorno fosse pronto per lasciare la casa. Sul display aveva digitato l'uno, uno, otto, ma aspettava a poggiare il pollice sull'icona della cornetta, casomai si fosse ripreso, casomai avesse voluto che lo accompagnasse lei al pronto soccorso.

«Devo vomitare» la avvisò, come se avesse visto una tromba d'aria venire verso di loro. Raramente aveva vomitato in vita sua. L'agitazione aveva preso il posto del dolore.

«Ok, vomita, vedrai che starai meglio» disse per convincere se stessa.

Lui si accasciò sulla tazza e vomitò l'anima.

"Cosa cazzo sta vomitando?" si chiedeva sconvolta, guardandolo da dietro.

Da quel momento in poi fu testimone del crollo totale. Lui si alzò per lavarsi i denti e i movimenti cominciarono a essere sempre più scoordinati.

Qualcuno aveva staccato la spina.

Qualcuno aveva staccato la spina.

Qualcuno aveva staccato la spina.

Non controllava la mano e scoprì una spasticità ritmica che non aveva mai visto. Si voltò per uscire dal bagno senza tornare nella posizione eretta e quasi inciampando diede una forte testata contro la porta.

«Ma che fai?» gli domandò scioccata. Come poteva essere che il suo amore forte e robusto barcollasse in quella maniera?

Senza considerarla continuò a camminare come un ubriaco verso la porta d'ingresso mentre si faceva più solida dentro di lei la convinzione che da sola non sarebbe riuscita a portarlo in ospedale. Avvisò di nuovo il suo contatto: Nadia, un'ostetrica del Vito Fazzi. "Aiutooooo" scrisse sul cellulare e lei, che si trovava già lì, subitamente chiese al neurologo primario del pronto soccorso di farsi trovare preparato quando sarebbe arrivata l'ambulanza. Un aiuto enorme in casi come questi in cui la tempestività è fondamentale. Diede un'occhiata fuori e vide Lele a terra che rantolava dal dolore. Non ci poteva credere. Chiuse la porta a chiave e si assicurò di aver preso tutto il necessario. In fin dei conti si stava ancora svegliando.

«Ho dato una seconda capocciata!» strillò.

Lo vedeva scomporsi come in un videogame: iniziò addirittura a muoversi come uno scimpanzé. La caricatura di Mowgli. A un certo punto pensò che stesse fingendo tanto era tutto esagerato. Gli correva dietro col sapore del sonno in bocca e intanto si vestiva e intanto si teneva la pancia e intanto lo seguiva con gli occhi e intanto lo seguiva coi piedi e intanto calcolava in che ordine fare le cose: se prendere la macchina e portarlo in ospedale o chiamare l'ambulanza o allacciarsi le scarpe o stare dietro a lui per evitare si facesse male o prendere una bottiglia d'acqua perché sentiva che a breve avrebbe avuto tanta sete o mettersi a urlare o prendere la borsa con i documenti.

"Oh mio Dio! Oh mio Diooo!" Un vortice lo stava succhiando via. Se lo stava prendendo. "Nooooooooo, oh Diooo" avrebbe voluto urlare, ma stette zitta. Terrorizzata ma apparentemente fortissima. Per l'ennesima volta zitta e qualcosa dentro si ruppe. Definitivamente.

A quel punto toccò l'icona verde della cornetta telefonica e chiamò l'ambulanza.

«Salve, ho bisogno subito di un'ambulanza, mio marito non sta bene. Ha avuto un forte mal di testa. Ha detto che non ci vede da un occhio. Poi ha vomitato e ora è caduto a terra. Vi prego, sbrigatevi. Sta rantolando dal dolore, fa cose strane. Veloci! Sono incinta di otto mesi.»

La fede le tirava l'abito a ricordale di non dimenticare. Le diede attenzione ma solo per un attimo. Poi fece tutto in ordine sparso, un ordine che solo in seguito si sarebbe rivelato logico.

Non un tentennamento, non un cedimento, divenne lucida e vigile come non lo era stata mai.

Cercò di sollevargli il capo, ma pesava troppo e lui si

dimenava ancora di più. Corse a prendere un cuscinone dentro il salone e glielo collocò sotto la testa. Intanto si sentiva pesantissima. Continuava a fare gesti inconsulti con entrambe le braccia. Con la destra si toccava l'occhio e con la sinistra cercava qualcosa nell'aria. Era spaventata ma cercava di mantenere la calma e non perdere le staffe. Respirava. Lo stava perdendo ma continuava a dirgli che a breve sarebbero arrivati i soccorsi e che era lì vicino a lui... e che andava tutto bene e che non l'avrebbe lasciato. Le chiese, tenendo le labbra storte, dell'acqua naturale. La voce ormai storpiata e le parole confuse. Corse a prenderla, gliela porse e lui sputò tutto fuori nello stesso istante in cui l'acqua entrò, e comprese che non era più in grado di deglutire. Ormai era in cortocircuito totale. Disse ancora qualcosa per farle intendere che era lì con lei e con il bimbo. Gli occhi cominciarono a non aprirsi più e la bocca si serrò forte mentre espelleva una sottile dose di saliva bianca.

Non poteva credere che di nuovo la vita le stesse mettendo davanti un altro problema di salute e, per di più, in un momento tanto delicato. Aveva aperto il cancello per non perdere tempo ma dell'ambulanza sentiva solo il suono.

Perché non arrivava?
Perché non arrivava?
Perché non arrivava?
Evidentemente non trovava il civico.
Clio corse fuori, per quanto riuscì, e vide l'ambulanza in fondo alla strada. Controllava Lele lontano sulla destra e intanto sbracciava all'autista lontano sulla sinistra.

Arrivarono e, terrorizzata dagli eventi di malasanità di cui spesso sentiva al telegiornale, disse senza esitazione: «Mio marito è Lele, il chitarrista dei Negramaro, fate attenzione». Sapeva quanto amore c'era per lui in Salento e in cuor suo sperava che i ragazzi fossero dei fan.

«Lele! Lele! Lele! Leleee!» urlarono in tre mentre lo soccorrevano, ma lui aveva smesso di rispondere. Aveva resistito fino a quel momento ma a un certo punto dovette lasciarsi andare anche lui.

In piedi assisteva impotente, mentre sentiva che dentro i due cuori, il suo e quello del bambino, si accavallavano in una gara di velocità.

Cercava di memorizzare tutto quello che dicevano i tre soccorritori, come: «Pressione duecentocinquanta-centoventi. Glicemia centotrenta».

Dopo la chiamata al centodiciotto, cercò di contattare il suocero, Gino, che però era al lavoro e il telefono non prendeva. Chiamò immediatamente Rosaria, la moglie, e le disse che Lele era stato male... non sapeva che dire esattamente.

«Convulsioni» pronunciò.

«Ci vediamo al pronto soccorso.» E alla fine la voce s'incrinò mostrando un cedimento umano.

Poi, rivolta agli uomini, chiese: «Posso venire in ambulanza con voi?».

«No, signora. E poi è incinta...?»

«Sì, sono entrata nell'ottavo mese.»

«È qui da sola?»

«Sì... Va bene, ho capito, vi seguo» concluse per non perdere tempo.

Se ne andarono annuendo con la testa.

Clio aveva una panza enorme. Respirava affannosamente e non sapeva arrivare all'ospedale. Che fatica girare quel volante, tenere il cellulare in mano e pensare, il tutto cercando di non perdere di vista il van bianco che faceva un sacco di rumore.

Chiamò Giuliano. Era mattina presto ma, dopo i genitori, lui fu la prima persona che sentì il bisogno di chiamare: uno, per avvisarlo, e due, soprattutto per chiedere aiuto. Lui non rispose. Clio non sapeva dove si trovasse, ma come un faro riusciva a vedere la sua luce. Si conoscevano da quel 2013 e, come con Ermanno (che avvisò subito dopo), Pupillo, Danilo e Andrea, c'era sempre stato un affettuoso e cordiale rapporto amichevole tra di loro, ma quella mattina si aprì una scorciatoia che la portò dritto al suo cuore. Quando lo richiamò e gli disse cos'era accaduto, Giuliano era incredulo, cercava di capire e pianse rassicurandola.

Clio credeva fosse roba di un pomeriggio. Magari una crisi epilettica anche lui. Anche se le sembrava strano, perché prima delle crisi non accadono tutte quelle cose. Almeno non a lei.

Una volta al pronto soccorso, vide Lele intubato e con una decina di persone intorno che si davano da fare. Una di loro, accortasi che era affacciata alla porta, si mobilitò subito per portarla via con una scusa. Forse temevano che il bimbo che aveva in pancia potesse avere conseguenze pericolose, dato il terribile shock che lei stava vivendo. Capì che era qualcosa di complicato, ma non voleva credere in alcun modo che fosse grave.

Era incinta. A breve avrebbe partorito. Doveva essere il momento più bello della vita. Aveva sempre avuto paura del parto e c'era sempre stato lui a rassicurarla. Sarebbe stato con lei in sala parto, avrebbe cambiato i pannolini. Li avrebbe amati e protetti ogni giorno, ma l'infermiera che lo trasportava in un'altra ala dell'ospedale disse ad alta voce: «Sta in coma».

Si precipitò a seguirlo. «Come?» chiese quasi a bassa voce.

«STA IN COMA!» ripeté la dottoressa, chiara, limpida, cattiva.

Il "ma" finale echeggiò per tutto il corridoio.

Dei passi inceppati, veloci.

«Ma l'avete indotto voi o...?»

«È arrivato in coma» rispose, sempre più minacciosa nella diagnosi.

Capì che tutto era di nuovo in ballo, che nulla era certo, che il ragazzo della vacanza in Grecia, suo marito e, a breve, il padre di suo figlio, stava lottando fra la vita e la morte, che forse qualcosa lei l'aveva dimenticata, che "Porca troia, la vita è una sfida continua".

E avanzava dietro la barella a reggere il filo che la moira voleva scindere prima del tempo.

Intese che doveva scendere ancora in trincea e, affiancata da arcangeli, combattere come mai aveva fatto.
Non poteva essere.
Non poteva essere.
Non poteva essere.

29
Si ricomincia da capo

Lecce, settembre 2018

In brevissimo tempo Clio cominciò a ricevere chiamate da Roma, Milano, Grecia... la notizia si era diffusa. Ma non capiva niente, seguiva solo la barella e gli occhi, le bocche e le mani dei medici.

«Se non lo operiamo, muore» esordì con questa spada di Damocle la dottoressa di turno, e l'appese in cima alla stanza dove fece accomodare velocemente Rosaria, Tonio (il fratello di Lele) e Clio.

«Operatelo» rispose lei.

Giuliano fu un tesoro. Arrivò dopo circa due ore dal ricovero e rimase in ospedale praticamente sempre, privando la sua compagna, anche lei incinta, di tempo prezioso. Clio conobbe un lato di lui che fu di vitale importanza.

Lei non aveva persone care vicino a sé. Gli amici li aveva lasciati a Roma e Giuliano fu per lei un po' come se fosse Lele. Erano collegati da una fratellanza sanguigna che, sebbene esistente e presente, a volte poteva evaporare per la frenesia quotidiana o per la distanza. Fu premuroso e attento con lei, con i genitori e i fratelli di Lele, e Clio pensò che forse lo conobbe veramente in quella disavventura.

Tirò fuori un'enorme mole di energia per supportarli tutti. Non lo aveva mai visto così e lei si affidava ciecamente alle sue promesse. Anche Ermanno, Pupillo, Andrea e Danilo furono pieni di affetto. Erano affranti, sgomenti, distrutti, ma non lo davano mai a vedere davanti a lei. Di tanto in tanto vedeva crollare il pavimento sotto i loro piedi, ma subito si mostravano in equilibrio, pronti a darle una mano.

Tutti e cinque, ciascuno a suo modo, fecero quello che avrebbe voluto Lele: l'aiutarono. Divennero suoi fratelli.

Le s'impressero nella mente l'interesse costante da parte di Giuliano per Ianko (che allora, dentro la sua pancia, ancora non aveva un nome) e per lei in quei mesi terribili; il «Grazie per averlo salvato» sussurrato all'orecchio da Andro appena arrivato in ospedale; la dedizione assoluta di Pupillo ogni volta che c'era; la compassione negli occhi di Ermanno e il pianto liberatorio di Danilo nel camerino di Rimini dopo la prima esibizione di Lele. Queste e tante altre attenzioni con parole di conforto e abbracci furono colature di cemento armato necessarie per ripristinare le fondamenta della loro vita insieme, appena iniziata ma così brutalmente minacciata.

Clio era grata di averli vicino e pregò per loro infinite volte.

Ricordò di avere un bimbo nella pancia quando fu raggiunta dal suo ginecologo che era di turno in ospedale quel giorno.

«Vieni, che ti controllo.»

«A me? Vuoi visitare me?» gli chiese sorpresa.

«Sì, Clio, andiamo» le rispose facendo cenno di seguirlo, col volto molto serio.

"Ma io sto bene!" pensò.

E andarono in una stanza dove constatò che, grazie a Dio, era tutto sotto controllo.

Non sapeva bene cosa stesse accadendo.

In generale ci arrivava sempre dopo alle cose e, quando era nervosa, era solita sorridere, tendeva a spostare i problemi per affrontarli con calma a mente lucida. Quasi sicuramente quella mattina ciò che era rimasto della bambina che si sedeva accovacciata a scoprire il mondo svanì per sempre. Clio piccolina non c'era più.

Senza Lele niente aveva senso.

Era lui la sua guida, la sua roccia, tutto. E ora era assente… dov'era?

Ivan, un loro caro amico, tempo dopo avrebbe detto che Clio in quel periodo era come in trance, stralunata, fra le nuvole. Forse era proprio lì a cercarlo.

Quel giorno in ospedale andò chiunque a portare i saluti. Amici vicini e lontani, parenti, cugini, zii, colleghi, fan, e lei cercava di esserci per tutti, anche se per poco, anche se non al meglio. Come avrebbe fatto Lele. Come avrebbe voluto Lele, perennemente disponibile e dolce.

Fra gli abbracci, i sorrisi e le premure di chi le offriva una sedia (perché era incinta, ma continuava a dimenticarlo) nel pomeriggio mise qualcosa nello stomaco insieme a un caffè.

Si assicurava esclusivamente del fatto che Lele fosse vivo.

"È vivo" diceva a se stessa. "Finché c'è vita, c'è speranza" pensava con profonda, tenace convinzione.

Non aveva idea di cosa fosse un'emorragia cerebrale. Zero. Era convinta che fosse stato male, che uno, due giorni in ospedale e poi sarebbero tornati a casa insieme, serenamente.

Anche sua sorella era stata in coma qualche giorno quando da adolescente aveva fatto un incidente con la Vespa ai Parioli.

Comprese che era qualcosa di grave dopo qualche ora, quando verso sera suo fratello e la compagna arrivarono da Roma. Non se lo sarebbe mai aspettato. Ne rimase lusingata. Aveva un permesso di tre giorni per emergenze familiari e lo usò in quell'occasione. Le fece tanto piacere.

Per la prima volta vide Lele rasato a zero e senza barba. Lo trovava bellissimo. Ancora più sexy.

Ne avevano parlato tante volte. «Quasi quasi mi raso a zero!» diceva.

«E rasati!» gli rispondeva divertita per spronarlo sempre a fare ciò che sentiva.

Un soldato... in guerra, stavolta sul serio.

Abbronzato e forte. Le labbra carnose si notavano ancora di più. Sembrava uno scherzo del destino. Sembrava Clio. Non era impressionata dalle flebo, dai drenaggi, dal catetere, dai monitor, dalla stanza, ciò che la colpiva era un pensiero: "Ah, ecco come mi vedevano le persone da fuori!".

E cercava un senso a quella cosa, senza drammi, senza pianti, senza urla – perché un senso c'è sempre, – ma faticava a trovarlo.

Le stava davanti caldo, vivo, e poteva toccarlo. Se lo faceva bastare.

Quella notte a casa tentò di dormire, ma Ianko nella pancia comprimeva i polmoni e continuava a rigirarsi come una cotoletta. Il cellulare sul comodino catturava tutta l'attenzione. Era terrorizzata di sentirlo squillare.

«Quando chiamano di notte non è un buon segno» le aveva sempre detto la madre.

Finalmente arrivò l'alba e nessuna suoneria l'aveva svegliata.

Dal giorno prima si rimise in stretto contatto con Gesù e gli chiese perdono per il fatto di cercarlo solo nel momento del bisogno.

Comprese.

Di nuovo visite, persone, amici, parenti, telegiornali e il fratello che si occupava di lei. Cercava di gioire di quello. Fame niente. Piano piano stava riordinando le idee e comprendendo che Lele non stava con loro perché era in coma, ecco perché.

Arrivò il fatidico terzo giorno da quel primo, improvviso malessere e, anziché risorgere, il suo amore peggiorò.

«Purtroppo la situazione si è aggravata» disse il dottore affacciandosi nella stanza, covo delle più tormentate elucubrazioni. «Bisogna operarlo di nuovo» aggiunse.

Si alzò, portando sulle spalle un peso che superava quello della pancia. Clio era diventata mastodontica. Prese la testa del giovane medico fra le mani. Lo guardò dritto negli occhi, cercando di addentrarsi il più possibile e, affidandogli l'intera responsabilità delle loro vite, disse: «Ti prego. Siamo nelle tue mani, che Dio ti benedica».

Giuliano la sorresse.

Pianse.

Uscirono violente le lacrime stanche di essere trattenute. Povero bambino nella pancia che rimbalzava a ogni singhiozzo!

Andò nella cappella dell'ospedale e pregò. Mobilitò ogni conoscenza che aveva, invitandola a pregare. Era arrivata anche la migliore amica da Roma, cui chiese di contattare urgentemente la sorella in Grecia per lo stesso motivo. Sapeva che da lontano avrebbe potuto aiutare più di molti altri: serviva il Verbo.

Tutti a pregare per lui. Lui che mai avrebbe scomodato così tante persone per se stesso.

Gli amici gli si riunirono intorno. Il reparto intero rimase in apprensione. I Negramaro erano lì e, anche se Lele restò sempre con gli occhi chiusi, qualcosa di magico avvenne là dentro fra loro, intorno a loro, sopra di loro... dentro di lui.

L'intervento andò bene, grazie a Dio e grazie a quel giovane medico verso cui Clio nutrì immensa gratitudine.

Sentì arrivare la forza della preghiera da ogni parte intorno a lei. Che benedizione!

Andava avanti ora dopo ora senza volgere lo sguardo troppo in là. Era attenta a non cadere, a non avere aspettative, a non fare domande di cui temeva la risposta.

Il giorno prima Giuliano l'aveva invitata a stare tranquilla, perché l'emorragia si era verificata nella parte destra, e quindi le funzioni di linguaggio, parola e memoria erano integre, ma lei aveva avuto la reazione che si ha davanti a frasi del tipo: "La zia della mucca faceva la nonna delle querce"... non aveva capito nulla, non si era resa conto di cosa stesse realmente accadendo.

Pensava solo ad avere cura di Lele quando era al suo fianco, a stendersi dalle sette di sera in poi e a poggiare sulla pancia il cellulare schiacciando "Play" ai messaggi vocali di papà (che tutti i giorni gli parlava) e alle note audio con pezzi di chitarra e canto.

Tuttavia lei, quando sentiva la voce provenire dal dispositivo elettronico, s'incupiva. Chissà cosa deve aver provato il piccolo Ianko, in balia di sentimenti così contraddittori e di quel silenzio improvviso. Sì, perché la mamma già prima non gli parlava tanto perché le sembrava strano. Figuriamoci in quella situazione che l'aveva lasciata senza parole...

«Mi raccomando, fatti coccolare questi due mesi! Goditeli, godeteveli, perché dopo ci sarà da correre!» era stato l'affettuoso monito di un'amica di famiglia qualche giorno prima del giorno fatale.

Quante volte Clio pensò a quella frase. Quante volte...

I famosi due mesi di coccole non arrivarono mai perché il 17 settembre nacque prematuro il "gemello nascosto" di Ianko.

Se si volessero sintetizzare i trenta giorni in rianimazione fra coma e risveglio, sarebbero così: nella testa caos, pace, paesaggi neri, azzurri e verdi. Ai piedi due zampogne grosse e dure. Nel ventre un pulcino che sembrava caduto dal nido perché lei stessa si sentiva catapultata FUORI. E infine il marito trasformato in primogenito.

Gli lavava il viso, gli metteva la vaselina sulle labbra secche, gli faceva manicure, pedicure, lo massaggiava, gli leggeva la Bibbia, gli faceva ascoltare Healing Gospel e ogni mattina decifrava i nomi di tutti i farmaci nelle flebo. Calcolava, sommava, paragonava le cifre sui monitor a quelle del giorno precedente. Non voleva perdersi nulla, non voleva pentirsi di aver trascurato qualche dettaglio. Faceva poche ma precise domande a medici e infermieri.

Un giorno il prete dell'ospedale le disse: «Lei, così, non deve stare qua», e puntò l'ombelico dilatato.

Per sfuggire a quell'indice, Clio si voltò a guardare un bell'uomo sdraiato che sembrava ancora bello... anche se venti minuti prima il medico aveva detto: «È morto, sì, morte cerebrale. Incidente con la moto» con la stessa disinvoltura di chi sta facendo un reso su Amazon.

30

L'incubatrice

Lecce, settembre 2018

Il primario di rianimazione un anno dopo confessò che una notte, presumibilmente poco prima del secondo intervento, aveva ricevuto una chiamata da una dottoressa che aveva parlato di "espianto degli organi". Si stava andando verso una conclusione irreversibile.

Sì, perché Lele era arrivato in uno stato di coma profondo. Sulla Scala di Glasgow, che va da 3 a 15 (ossia un paziente sveglio) lui era a 3. Naturalmente per ridurre l'edema lo tenevano in coma anche artificialmente ma, grazie a Dio, dopo quella notte qualcosa cambiò. Non fu trasportato a Gerusalemme come Clio, ma andò lui stesso in un luogo che diverse volte chiamò "Paradiso" o "l'altra dimensione".

Da quel momento iniziò piano piano a tornare sul pianeta Terra. Era avvenuto il miracolo e in seguito sarebbe stato proprio lui a raccontarlo.

Quel grande medico fu l'unico che fece intravedere una minuscola scia di speranza e, per il bene della moglie, non accennò mai a quella scala se non a tempo debito.

Un altro luminare della medicina, invece, uno dei primi giorni disse a bruciapelo: «Intanto non sappiamo se il paziente si risveglierà. Se si risveglierà, non sappiamo quando. Può anche darsi fra sei mesi, e quando si risveglierà non sappiamo se chiamerà lei mamma o lei moglie», indicando con un dito prima Clio e poi la suocera. «Ha subito un danno molto importante e le conseguenze purtroppo si vedono sempre dopo, eccetera eccetera eccetera...» diceva, continuando a prospettare scenari mostruosi davanti ai familiari.

E mentre Clio lo guardava, pregava e sperava di tappare le orecchie di Ianko, riuscì a restare lucida, ringraziandolo persino dell'agghiacciante consulenza.

I medici constatarono che Lele rispondeva agli stimoli dolorosi e così lentamente diminuirono i farmaci. Finalmente, dopo dieci giorni esatti nello stato d'incoscienza, si svegliò. Lei era spaventatissima per il fatto che potesse non riconoscerla. Una cosa del genere non l'avrebbe retta. Quindi, seduta di fianco, gli accarezzava i piedi senza guardarlo negli occhi. Voleva familiarizzasse prima col tatto, con l'abitudine che avevano di massaggiarsi, e poi avrebbe permesso alle anime d'incontrarsi occhi dentro occhi.

LELE C'ERA.

Grazie a Dio era lì per lei, per il loro figlio, per la sua famiglia, per i suoi amici-colleghi e per i suoi fan. Per tutti.

Era disorientato e triste come non l'aveva mai visto, ma era pur sempre lui.

Non poteva parlare perché gli avevano fatto la tracheotomia per la ventilazione meccanica, ma poteva farlo lei e, come nei film, gli aveva chiesto di battere le palpebre una sola volta per il sì e due per il no. Era leggera, delicata e materna. La lista nascita, il fasciatoio, la cameretta ormai non esistevano più. Le coccole alle quali aveva diritto, le voglie e le sue esigenze nemmeno. Tutto sparito.

L'unica volta in cui avrebbe potuto farsi servire e riverire fu costretta a tirarsi su le maniche e a lavorare per tre.

Che fatica! Sarebbero serviti anni per smaltirla.

Aveva il braccio sinistro piegato di quarantacinque gradi col pugno serratissimo (quasi impossibile da aprire) che spingeva sullo sterno. Gli mancava l'aria. Aveva attacchi d'ansia. Gamba e piede sinistro paralizzati, vista compromessa per l'edema, ma braccio e gamba destra funzionanti, tanto è vero che proprio quella mano era legata al letto per evitare che strappasse erroneamente il sondino della nutrizione, la tracheotomia e la flebo che aveva direttamente nella giugolare. Dopo un paio di giorni in cui l'istinto della mano destra divenne più addomesticabile, il laccio fu tolto e lui iniziò a buttare giù qualcosa.

"I love you" dentro a un cuore fu la prima cosa che Lele scrisse dopo il risveglio. Lei era felicissima ma leggermente stranita perché temeva di trovarsi davanti a un caso di sindrome dell'accento straniero. "Per fortuna l'inglese è la mia seconda lingua!" pensò.

E piano piano, con una delicatezza che non sapeva di avere, gli fece domande per sincerarsi che il romanticismo britannico fosse stato riservato esclusivamente a quella prima frase.

Durante il coma Lele si sgonfiò visibilmente. Alla fine del mese in rianimazione aveva perso otto chili. Magro, senza barba né capelli e con vistosi lividi vicino alle ascelle. D'altronde, per verificare il livello dello stato stuporoso in cui versava, bisognava procurargli stimoli dolorosi, e la parte interna del braccio era quella che meglio si prestava. Normalmente si reagisce con "spintone e insulto" a una cosa del genere, mentre lui a malapena muoveva le palpebre o aveva una minima flessione/trazione allo stimolo. Segnali assolutamente positivi secondo gli esperti. Purtroppo, come capita spesso ai fumatori che si trovano in quelle circostanze (benché lui non fosse mai stato uno accanito), ebbe la polmonite e, dopo il risveglio, la febbre, che tardò il trasferimento. Infine anche la prostatite per via del molesto catetere. Che incubo. Era diventato uno straccio.

Le mancava tremendamente. La nuovissima casa pareva un Colosseo enorme. Il letto nuovo, come tutto il resto, senza di lui era brutto e fuori misura.

Appena si fermava un attimo e cominciava a chiedersi: "Perché adesso? Perché proprio ora? Non capisco il *timing*...", Clio stava male. Molto male, ma non poteva permetterselo: stava ultimando la gravidanza e doveva ancora partorire. Doveva ancora spingere. C'era ancora bisogno di lei. Allora si ricordava di non perdere la fede. Si ricordava che proprio nei momenti d'incertezza assoluta e grande tribolazione era importante credere. Credere con tutta se stessa.

La sua amica rimase con lei nei giorni peggiori e si diede il cambio con l'altra preziosissima amica che viveva all'estero. Lasciò la sua frenetica vita per starle vicino durante tutto il mese e fu di grandissimo aiuto. Riusciva persino a farla ridere. Lei riprese i piccoli lavori casalinghi che aveva iniziato con Lele per illudersi che la vita era la stessa ed evitare di piombare in strani pensieri.

I genitori si erano subito proposti di raggiungerla, ma temeva che poi avrebbero avuto loro bisogno di lei, come era accaduto altre volte, così disse di venire per la nascita del piccolo, com'era programmato. Nanda era in Sri Lanka.

L'amicizia si riconfermò essere un inestimabile tesoro.

"Meno male che esiste l'amicizia. Che Dio benedica gli amici, il balsamo della vita" pensava di continuo.

Di seguito qualcosa che Lele buttò giù i primi due giorni

PRIMO GIORNO	SECONDO GIORNO
I love you	Forse devo essere aspirato
Quando potrò essere autonomo	Buon appetito!
Per tutto ciò esiste un programma	Un nome greco mi piacerebbe
Grazie a Dio	Janco
2 collioni	Chissà dove ho sbagliato
Ce l'ha un nome questa cosa	Cmq è assurdo
Lunedì chiamo io Giuliano	Andrà tutto bene vero?
Per la 2ª volta	Sto pisciando
Devo andare in bagno	Contattare Peppino
Pipì	È un modo per liberare
Aspetta	Bello mio
Come mai ho mal di testa?	Gli prometto che quando nasce
Andò vai???	sarò in Piena forma
Che cosa sta succedendo?	Mi ami?
L'importante che è sotto controllo	*Me too*
Stai serena	*I love you*
Ce la faremo	Aneurisma
	Hanno detto come si chiama?
	Bisogna capire la causa
	Per la 2ª volta
	Stavamo già insieme
	Qualche anno fa
	Un po' di tempo fa
	Che mi succede
	Cosa casso mi sta succedendo
	Poelineee LE GATTE
	Perché gli manchiamo
	Allora piscio
	Chi l'ha fatto? CHIUDERE LA VENA

I love you

you

Rwanda
Dalla Antonomasia Africa
Bc cable tv
un programma
25OAE
Le 11.11

L'ITALIA
un
nome D

Scolastico
Dopo quest'
AVVENTURA
ho preso
un bagno di
VASCA

devo lis pagi
Devo pisci(?)
ACCREZZA
i pissi
viso
io
bagno

ha ride
cazzo a voi e
giovanna

cleto
il ... ariis
sono
stando
bagno
il
sto facendo
bagno
dono
fai
atto(?)
hepo
fai cioe
mi sono
facendo
esto facendo l'oreocchio(?)
vai li se esce
l'ombrello
pio fai di un ... massage
+ le rungiziano e tutto

7/1/17
dopo
rompendo
facendo

la taglie bata
sto
vai
a pio
ho ci la faccia più finezza

hi
mucha
ti aluta
? ok

Fralo

non
 ce le farei più

A scelta perduta
qui la tua
ce bla tiaba

Si dà ancora
DAKO
JANKO

Teatro

Chiodo

Poi

Ettore

Bisogna far loro
bisogno qualche cosa
che fa
che fa
che mi interessa
che sia più felice

Anastro
E. Mobelsi

Luca

bisogna prendere
della cosa
pistolino
grandi che dà?
il poi

bisogna
comprare
capire
cose non l'ho
tutto?
non le bene

Perché gli
mandavano
Che ok
ve-prese
mi Nubuno
mi blove
Avremmo
potuto evitare?
Ok dovrei
opinioni ?

Grazie !
Adesso
sto
bene
sto solo
pisciando

Ho magari 138
Freddo Brivido

chi l'ha già
mi ricordavo

con loro
andare

Magari 2 volte

I love you

Cara
ti bisogno moretti too in
un modo
per libro, prometto che
bello. riguardo ti e lo voi
Ho giù Chiara

BENISSIMO!!!

Louis Vuitton
Giovanna
Peppino
Maya

Buon Appetito!

JACO

Piccola

c'è
Roma
si sta incupolo la
Greco Italia?
mm

MAGARI

NON PROPRIO

PRENDI IL BAGNARIONE

AC NUMERO SE LI HO

QUANDO SARÓ PRONTE   NON HO

PRONTO?   IO ARIA CELLO

VIAGGIATO LA

PRENDITI UNA   PASTINA
SEDIA

ECCO MI
MANCA L'ORTAGGIO
DISTURBO ALLEGRA SON PAZZO LUI NON SI
NON CHIAMA

ok

NON è
SEMPLICEMENTE
che ho
ALDO
MAURA PER TUTTO
L'ARIA

Questo è
un
Suicidio Micca
40 mm 9
MORTO

QUI 7 Aug
DEL TUTTO
L'ARIA

31
Amore, ecco l'aldilà

Lecce, 27 settembre 2018

Fino al 17 settembre 2018, nonostante il forte sentimento reciproco, erano soliti chiamarsi Bambolino e Bambolina, tanto che spesso lei si domandava perché non riuscissero ad andare oltre quegli affettuosi nomignoli. Aveva iniziato lei durante il primo periodo di frequentazione per la dolce sensibilità che si celava dietro quell'animale da palcoscenico e poi erano rimasti incastrati in quei vezzeggiativi, persino dopo il matrimonio, persino dopo la scoperta di aspettare un bambino. Clio accettava questa modalità ma le faceva strano.

Be'… avendo toccato con mano la sensazione di perderlo per sempre, quando Lele si svegliò, anziché Bambolino, fu un continuo di:
«Amore?»
«Amore.»
«Dimmi, Amore.»
«Che c'è, Amore?»
«Niente, Amore.»
«Come va, Amore?»
«Poi, Amore?»
«Cosa, Amore?»
«Ripeti, Amore.»

«Amore mio.»
«Dove vai, Amore?»
«Amore...» E così all'infinito prima, in mezzo e alla fine di ogni frase, parola, domanda e risposta. Chi l'avrebbe lasciato più quell'Amore?

I Bambolini erano stati spazzati via dalla corrente. Lontano.

E quando Clio vedeva coppie lamentarsi l'uno dell'altra o non dimostrarsi amore e benevolenza, pensava che se solo avessero provato, anche solo per un attimo, la sensazione reale di perdere per sempre il proprio partner, di non poterlo più vedere o toccare, entrambi si sarebbero cosparsi di baci e appellati con "Amore".

Lele scriveva in modo contorto e difficilmente comprensibile, ma lei capiva comunque quello che voleva dire ancor prima che finisse la parola. Non aveva concezione di tante cose. Solo guardando e toccandole la pancia si riconnetteva con la realtà. Le parve ancora più tenero quando lesse: "Lunedì chiamo io Giuliano". Sebbene non potesse parlare e non sapesse nemmeno che giorno fosse. Chissà cosa voleva dirgli!

Tre cose la colpirono particolarmente di quei fogli.

La prima fu la scritta: "Per la 2ª volta".

"Per la seconda volta... cosa?" si domandava. E cominciò a chiedere ai suoceri se Lele fosse già stato male, se avesse avuto un incidente simile. Ma no, niente. Mai successo. E allora cosa intendeva dire con quelle parole? Cosa?

Si scervellarono per capire l'enigma che lui invece asseriva in modo deciso e scontato.

Solo in seguito, a Roma, con la voce un po' più nitida disse che era già stato così. Nel senso che quando era più giovane aveva già attraversato un periodo di profonda paura e depressione. Lo aveva superato ma, porca miseria, ora si sentiva di nuovo là.

La seconda cosa che la colpì fu "Janco" e l'infermiera che subito dopo disse: «Che bel nome che avete scelto!».

«Quale?» aveva chiesto lei.

«Ianko, l'ha scritto stamattina Emanuele sul foglio!» aveva risposto con un gran sorriso.

Aveva deciso! Ianko (scritto con la I e con la K, però). E lei era felice perché prima di star male, Lele non ne era sicuro. Lei appena seppe che aspettavano un maschio, percepì arrivare da qualche luogo recondito il nome del nonno materno che non aveva mai conosciuto e col passare dei mesi non voleva sentirne altri, mentre lui non si diceva convinto e cercava un nome che lo persuadesse di più. Dopo il risveglio era certo al 1000 per cento che voleva chiamarlo così. Meno male, un pensiero in meno.

La terza e ultima cosa che la colpì di quello che Lele scrisse fu "Gianfranco".

«Chi è Gianfranco?»

«È mio padre, aspetta!» disse Giuliano con gli occhi sgranati. Poi aggiunse: «Ho i brividi».

Lele in seguito raccontò nel dettaglio questo evento mentre erano a Roma perché a Lecce, all'ospedale Vito Fazzi, nonostante gli avessero tolto la cannula e la controcannula della tracheotomia, non si lasciava andare in lunghe chiacchierate. La sua flebile voce si limitava a brevi domande senza intonazione oppure alla frase: «Mi sento come un pezzo di carta accartocciato e poi buttato via». Invece a Roma un giorno riuscì a raccontare.

«Pochi istanti prima di svegliarmi ho vissuto un'esperienza un po' surreale. Prima lo zero totale poi questo sogno-realtà. C'era un giardino con un albero d'ulivo e ho visto Gianfranco, il papà di Giuliano, insieme a mia nonna Nella. Stavano passeggiando in questo giardino uno di fianco all'altra. Non si tenevano la mano. L'atmosfera era molto pacifica. Non ho vissuto sensazioni di ansia o tensioni. C'era molta serenità, pace, stasi. Loro mi vengono incontro o io vado incontro a loro e Gianfranco con aria un po' sorpresa mi dice: "Lele, ma che ci fai qua?". Io non riuscivo a capire cosa intendesse lui in quel momento. Infatti gli ho risposto: "Qua dove? Dove siamo sostanzialmente?". E lui mi ha tirato un calcio nel sedere e mi ha detto:

"Te ne devi andare. Qui non c'è posto per te". E io, fidandomi di lui, ho detto: "Ok". Però non riuscivo a capire bene, non avevo coscienza. La nonna Nella mi viene incontro e mi strattona quasi, mi prende per il polso e mi tira con forza fuori dal cancelletto di questo giardino. Ricordo che appena ho messo il piede fuori dal cancelletto ho aperto gli occhi. Come se avessi fatto un passaggio da una dimensione a un'altra. A quel punto ho visto l'infermiera, Eugenia, che forse per trasmettermi tranquillità subito si è presentata. La conoscevo dall'infanzia, per fortuna, e l'ho riconosciuta. Dopo pochi istanti ho iniziato a cercare nella stanza la nonna, la madre di mio padre, perché mi aveva preso per il braccio poco prima. "Cazzo, ma stava qua!" ho pensato. E da lì piano piano si è messo in moto tutto un ragionamento sul viaggio. Era troppo fresco il ricordo di averci parlato, però capivo che non era così reale, ma già quella stanza stessa non era così reale per me. Poi ho cominciato a pensare che forse la nonna era a Torino, perché ogni tanto andava a trovare la zia… pensavo a un viaggio. Avevo la sensazione di aver fatto un viaggio io in qualche modo e la collegavo a lei questa percezione. E il mio viaggio è stato andare nella dimensione dove si trova lei oggi. E, prendendo sempre più coscienza, ho capito che molto probabilmente avevo messo un piede… di *là*.»

«Ho la pelle d'oca, amore» disse Clio, percorrendo la definitissima linea nigra che le divideva in due il pancione. Ringraziò il Padre Eterno per l'intercessione. «Che Dio benedica Gianfranco e nonna Nella» disse in risposta all'incredibile racconto.

32
Tra sogno e realtà

La sensazione di essere stato insieme alla nonna fu talmente reale che, una volta aperti gli occhi, dopo un confuso silenzio, Lele pretese di averla accanto a sé. Lo pretese con tutte le sue energie.

«Nonna, abbassa le luci che mi danno fastidio agli occhi.»
«*Stanne stutate li luci, la nonna.*»
Silenzio.
«*A mangiatu, la nonna?*»
«Penso di sì. Comunque non ho fame.»
«*Ma ci'a cumbinatu ieri, la nonna? C'è statu nu casinu quandu si riatu stamatina. Sai... c'è 'na tale pace aquai ca quandu succedune 'sti cose lu sàpimu tutti intrha nu secundu. Na mo secundu! Lu tiempu non esiste! Non mi ricordo mancu comu si spartìa... se iniane prima li minuti o li giurni... Allora ci'a cumbinatu, la nonna?*»
«Niente, nonna. Clio ha fatto gli hamburger e abbiamo bevuto due birre.»
«*Daveru, la nonna? Si ite ca nerame trhuare fiiu mia.*»
«Sì, lo credo anche io, nonna *beddrha*... Poi abbiamo guardato la televisione. Ah, le ho massaggiato un po' i piedi, che li aveva gonfi.»
«*Aaah sì? Nu sai comu m'aggiu mpaurata, la nonna! No lu fare chiui, a capitu?*»
«No, no, nonna. Figurati.»

Silenzio.
«*Si sicuru ca no buei cu mangi, la nonna? Stai cussì mazzu.*»
«No, grazie.»
«*Comu ti sta sienti?*»
«Malissimo. Ho dolori ovunque. Mi sento un foglio accartocciato e buttato via. Non riesco a fare niente. Mi sembra di soffocare, nonna. Come un suicidio. Manca l'aria qui dentro. Sto male.»
«*None, la nonna. Si stae buenu aquai, forse ete drhu tubu ca ti esse ti lu cueddrhu... la nonna. Comunque ti capiscu senza cu parli. Non aggiu istu mai tanti tubicini tutti ti paru.*»
«Sì, dev'essere questo tubo che mi esce dal collo... Mi sento un androide.»
«*E cè bete n' andrhoide, la nonna?*»
«Una cosa strana, mezzo uomo mezzo robot.»
«*Uahaha na ce sontu 'sti cose moi, la nonna?*»
«Non c'è aria.»
«*Mi dispiace, gioia mia, poi iti ca passa tuttu. Tutte li cose passane.*»
Silenzio.
«Nonna, ti ricordi quando andavamo a suonare tutti i citofoni e tu ci proteggevi sempre?»
«*Oimmé quante na ti cumbinate, la nonna! Ma si sempre statu bravu tie... trha picca mi n'aggiu scire, la nonna.*»
«Ti ricordi quando ti abbiamo riempito di baci con le labbra piene di cioccolato?»
«*Uahaha! Che gioia li nipoti mia! Sì, mi ricordu, tinìa la facce tutta mucata e ui bi binchiavi ti risi, alla facce ti la nonna!*»
Silenzio.
«Lo sai che da quando non andiamo più insieme a raccogliere i fiori di camomilla, è tutto secco?»
«*Naaa daveru? No sta bai cu la Clio? Portala no?*»
«Ho poco tempo...»
«*Peccato... portala cussì ni mpari comu si face la camomilla, la nonna.*»
Silenzio.
«Mi sto sentendo un po' bambino, nonna... perché?»

«*Si rinatu, fiiu mia. È na cosa bona. È nu miraculu, la nonna. Tienitilu strhittu strhittu. Trha picchi tocca mi na bau, la nonna.*»

«Tu come stai, nonna *beddrha*?»

«*No mi sta bidi? Stau bona, la nonna. Quandu so riata aquai stia nu picca mpaurata. E ogni fiata ca mi girava a retu bi itia ca chiangivi tutti… che tristezza se ci pensu… No chiangiti chiui. Manne accolta bona proprio. Fazzu tante cose… maggiu ambientata subitu e lu fattu ca no tegnu drha zavorra mi face sentire libera, giovane, felice… leggera. Aggiu capitu quistu standu a quai. Cu la capu si ula autu, si sogna e pueti fare tuttu quiddrhu ca uei.*»

«Ma ti senti sola?»

«*None ma ce sta dici, la nonna? Stamu tutti ti paru. Aggiu trhuatu ntorna lu nonnu Antonio dopo quarant'anni, lu papà ti la mamma tua…*»

«Nonno Nino?»

«*Sine lu nonnu Nino.*»

«Ti ricordi quando mi portava a vendere le pere e la trippa con l'ape?»

«*Ma comu faci cu ti ricuerdi tuttu? Possibile? M'era scirrata! Stivi a ngiru ti la matina alla sira e iou stia cu lu core ti fore, mi maniciava cu ti fazzu trhuare prontu cu mangi quandu turnavi a casa ma tie tinivi la panza sempre china ti pire! Sienti, sai quale ete la cosa chiù bella ti stu postu? Ca aggiu trhuatu ntorna tutti! La nonna Vituccia, la tua bisnonna… tanti tanti parenti e amici… lu Totò, la Cleria e puru cristiani ti quandu era piccinna iou. Stamu sempre ti paru tutti insieme… ritimu, parlamu… ogni tantu aprimu puru nu sarginiscu… mi pare che stau a mare a do scia quandu era piccicca, la nonna.*»

Silenzio.

«Che zavorra, nonna?»

«*Ccene?*»

«Prima hai parlato di zavorra…»

«*Ah lu corpu! Lu corpu ete la zavorra, la nonna. Ti trhattene a 'nterra, a fiate ti tole e ti ricorda ca lu tiempu fusce.*»

Lele ebbe d'improvviso la chiara consapevolezza della propria zavorra: come quintali di piombo lo teneva immobile sul letto.

«*A ce sta piensi, la nonna?*»

«Alla zavorra.»

«*A do sta piensi...! No pinzare a drhai, la nonna. Iti ca tuttu passa e poi iti ca lu tiempu stae ti la parte tua. Mi raccomandu, la nonna trhatta bona la Clio ca se mpaurata mutu puru iddrha, drha criatura.*»

«Torniamo a casa insieme?»

«*None fiiu mia. Mi dispiace ma purtrhoppu quandu nasce lu piccinnu iou non ci sontu. Ati decisu comu la ti chiamare?*»

Lele ricordò di aspettare un figlio.

«Ianko.»

«*Naa bellu ete! E ce bole dice?*»

«Viene da Iannis, Giovanni in greco, perché il nonno materno di Clio si chiamava Ianko e il papà della mamma anche Giovanni.»

«*Naa bellu, mi piace la nonna! Bravi bravi...*»

«E si chiamerà Ianko Giovanni.»

Silenzio.

«*Ma stai strhaccu?*»

Silenzio.

«*Sienti la nonna. Nui stamu bueni aquai, pinsatine felici ca non ni tormenta nienzi. Stamu cu l'anima in grazia ti Diu.*»

«Nonna.»

«*Ete sempre tuttu azzurru aqua subbra. Non si capisce se ete mare o cielu. Na cosa è certa: nu ti 'nfoca.*»

«Nonna, torniamo insieme, per favore.»

«*Li strhate noscia si dividune a quai. Ma ni itimu fra cent'anni. Ti amu cu tuttu lu core, fiiu mia.*»

«Anche io ti amo.»

«*Sienti quai, la nonna, mo mi sta scirrava! Ma pircè ma misa drha bella fotu? Lu sai ca tutti li ricordi li tegnu intrha lu core e quandu iou mi fermu e mi li vardu, no? Ti l'eri pututa tinire cu tie cussì la mintivi intrha 'na bella cornice.*»

«Io ho la copia, nonna mia.»

Ci fu un lampo di luce a sinistra che catturò la sua attenzione e quando si voltò per abbracciare la nonna, lei non c'era più.

«Nonna? Nonna? Mi manchi, nonna.»
Al suo posto rimase un dolce profumo di gelsomino.
«Da quando non ci sei più è stato difficile trovare il modo di riempire il vuoto che hai lasciato nella tua stessa casa. Vorrei tanto fossi qui quando nascerà Ianko, ma so che, anche se non potrai prenderlo in braccio, riuscirai a conoscerlo a modo tuo. Ti prego solo di proteggerlo in ogni dove e, quando puoi, riempilo di carezze come hai fatto con me, perché so cosa vuol dire crescere con la forza delle tue carezze...»
Lele pianse.

Se anche quest'ultimo incontro fosse accaduto veramente, sarebbe stato meraviglioso, ma fu solo uno strascico immaginario seguito al primo, che era stato vero, rapido e salvifico.

33

I primi passi

Roma, ottobre 2018

«Stiamo parlando di un miracolo. Di fronte a un caso come il suo, la scienza e la medicina alzano le mani» aveva sentito dire Clio più di una volta.
Partendo da tale assunto era più facile capire la storia di Lele.
Era stato miracolato, stop.
La forza di carattere ha fatto il resto.

Secondo il "Rapporto Ictus 2018" ogni anno si verificano 100mila nuovi casi ma un italiano su tre non sa cos'è e come si può prevenire e curare. Inoltre, circa un terzo delle persone colpite non sopravvive a un anno dall'evento, mentre un altro terzo sopravvive con una significativa invalidità: il numero di persone che attualmente vive in Italia con gli esiti invalidanti di un ictus ha raggiunto la cifra record di 940mila, ma sottolinea il Rapporto, il fenomeno è in costante crescita, a causa dell'invecchiamento della popolazione. L'80% del numero totale degli ictus è rappresentato da ictus ischemici con una mortalità a 30 giorni di circa il 20% e del 30% a un anno, mentre la mortalità a 30 giorni dopo un ictus emorragico raggiunge il 50%.[1]

---

[1] Tratto da: http://www.quotidianosanita.it/allegati/allegato2473533.pdf.

Questa diabolica malattia non solo impedisce di fare le cose che si sono sempre fatte, ma è come se cancellasse tutto ciò che era ormai appreso, fissato e consolidato dalla mente e dal corpo, quindi, chi ne è colpito deve ricominciare a imparare da zero. Qualsiasi cosa.

Un cervello resettato... formattato.

Come si mangia, come si tengono le posate, come si cammina, come si sta in piedi...

E per i familiari stretti essere testimoni di tale metamorfosi è davvero straziante.

Non deve essere stato facile nemmeno per lui ritrovarsi da grande a una scuola di recupero per un corso accelerato di quarant'anni.

Quando Clio ci pensava le si stringeva lo stomaco...

I casi sono diversi, naturalmente, in base all'entità del danno, alla zona cerebrale coinvolta e alla tempestività dell'intervento medico. Prima s'interviene, meglio è. Ogni minuto, ogni secondo in cui il cervello è in sofferenza fa sì che il danno si estenda in maniera inverosimile.

Bisogna accorgersi subito di quello che sta succedendo. Osservare il viso, le reazioni, la postura.

La ferita era molto grave ma lui era giovane e in ottima salute (per un uomo anziano sarebbe stata fatale), l'ictus si era verificato nella parte destra (nella sinistra invece intacca il linguaggio e la memoria) e quando era iniziato lei era al suo fianco, era lunedì mattina e non erano molto distanti dall'ospedale. Niente è per caso, niente.

Sarebbe bastato che fosse stata nella doccia o che Lele fosse stato solo in una camera d'albergo o che fosse stata domenica notte o addirittura che fosse caduto in piscina per cambiare irreversibilmente la storia delle loro vite.

Il suo disgregarsi tanto veloce non le diede tempo di dubitare a chiamare i soccorsi e per esperienza personale sapeva che, appena c'è un problema di salute, bisogna chiedere aiuto.

Sin da giovanissima aveva avuto una propensione (in principio solo teorica) verso il miglioramento del Sé, verso la Sapienza, per esempio. L'appassionava la definizione platonica delle virtù. Musica per le sue orecchie.

Anche se nel corso della storia sono state raffigurate come vergini guerriere, lei ebbe modo di vedere la personificazione maschile di almeno una delle quattro virtù cardinali.

La Fortezza si era materializzata davanti ai suoi occhi. Quella forza, di tipo morale e spirituale, che fa superare ostacoli e avversità. È uno dei sette doni dello Spirito Santo e tempra l'animo così che possa resistere contro le difficoltà della vita.

Usciva da se stessa, dal suo ruolo di moglie, e riusciva a guardare in maniera oggettiva quell'uomo ridotto così e si sconvolgeva: un adulto come un bambino, incapace di camminare, mangiare, vestirsi, fare qualsiasi cosa. Ma bastavano la parola di un medico, l'indicazione di un terapista o un'occhiata al suo ombelico che la Fortezza gli infiammava lo sguardo e lui tentava, nonostante tutto, tentava e tentava fino allo stremo, fino a riuscire.

La Fortezza era diventata Lele.

Dopo il faticoso viaggio verso Roma che vide Clio allungata sui sedili posteriori a tenersi la panza e lui legato come un cotechino alla barella dell'ambulanza davanti a lei, arrivarono finalmente nel loro Eden.

Aspettavano Adamo ed Eva, e comparirono.

Nessuno osò rassicurarla, ma i volti di tutti apparivano certi del proprio operato. Sapevano esattamente da cosa era afflitto il marito. Conoscevano la malattia e avevano trattato una miriade di casi simili, quindi, sebbene non riuscisse nemmeno a stare seduto, cosa in cui eccelleva lei, si sentiva comunque più tranquilla. L'intero personale pareva una creatura perfetta, quasi aliena, in mezzo a tanta disgrazia umana.

Era un centro d'eccellenza, un luogo benedetto che dovrebbe avere centinaia di succursali sparse nel mondo, dato che rappresenta la salvezza per tutte quelle persone che in momenti e luoghi diversi della vita sono finite sotto lo stesso treno.

Durante l'ultimo periodo salentino desiderava soltanto raggiungere quella meta ma, una volta lì, ebbe un altro desiderio. Voleva andare via.

«Qui massimo tre mesi dobbiamo stare» le uscì dalla bocca subito dopo essere arrivati nella struttura e senza alcuna cognizione di causa. Era preoccupata per il bambino. Doveva ancora affrontare il primo parto della sua vita e voleva intorno a sé un altro scenario.

Ormai non ci stava capendo più nulla.

«Innanzitutto lo dobbiamo mettere in piedi» disse il primo giorno un terapista. E anche quella volta la frase risultò come: "Il portiere mangia nella nuvola per terra". Pensava che Lele non stesse in piedi semplicemente perché era stanco e doveva riprendersi, perché non voleva, insomma. Capì che era completamente invalido quando lo misero sulla sedia a rotelle e lui si chiuse a libro in avanti. Clio non ci voleva credere.

Non ci voleva credere.

«Questa è la cinghia per legarlo alla sedia» disse un'altra terapista mentre lei aveva ripreso a immaginare le torture di cui aveva sentito parlare a scuola. Ricordava che lui odiava essere legato. Non gli era mai piaciuta quella sensazione e cercava un modo per tenerlo dritto senza arrecargli un ulteriore supplizio.

"Chi camminerà per primo, Ianko o Lele?" arrivava addirittura a chiedersi prima di dormire.

E, sgomenta, a volte lo vedeva darsi dei pugni sulla coscia e sul braccio sinistro che non sentiva suoi. Aveva un'espressione che ricordava il disgusto e giocherellava con le dita di quella mano *altrui* come fa un gatto con un topolino appena ucciso.

«No, amore. Guardati la mano, guardati le dita. Guardale bene... una per una. La tua mano è bellissima. Guarda, è stupenda.» Clio sapeva che partiva tutto dalla testa e voleva che lui ricollegasse i vari "jack".

«Riconnettiti con la tua mano, amore. Guardala bene, accarezzala. Non dargli più i pugni per favore, ti prego.»

Piano piano, come fece dal primo momento che lo conobbe, quell'uomo riprese a stupirla e, tornando al videogame nel quale lo vide scomporsi, ogni giorno finiva un nuovo livello. Il mostro dell'ultimo quadro, però, li aspettava entrambi a casa...

«Si vede che l'area cerebrale addetta alla funzionalità della mano sinistra è molto sviluppata. Più sviluppata di quella di una persona comune, intendo, perché in genere la mano è l'ultima cosa che si recupera – sempre che si riesca a farlo» le spiegava stupito il medico.

Lele già dopo un paio di settimane, quindi dopo litri e litri di mannitolo in flebo per ridurre l'edema, riusciva a fare quel giochino che col pollice ci si tocca il mignolo, poi sempre col pollice l'anulare, poi il medio, poi l'indice e si torna indietro. Al rallentatore e con le dita magrissime, ma era comunque una cosa incredibile.

«Amore, guarda i capelli di qua!» E con la testa di profilo gli mostrò la grande cicatrice che aveva sul capo.

Finalmente l'aveva scoperta. Aveva avuto il coraggio di andare dal parrucchiere e farsi radere la testa a metà. Adesso riusciva ad ammettere anche lei che era stata male, che aveva sofferto.

«È la prima volta che mi capita! In genere vengono qui per nasconderle, le cicatrici, non per scoprirle» aveva detto il coiffeur con la macchinetta per capelli in mano.

«Mi sono rasata per farti vedere che le cose brutte succedono, ma poi si superano!» E si voltò dall'altro lato con un gran sorriso a far vedere una bella messa in piega.

Rideva per tirarlo su di morale ma lui guardava fisso. Si dava da fare, scherzava, lo aiutava, ma purtroppo anche il viso era colpito da una semiparesi e, nonostante gli sforzi, le restituiva sempre la stessa impassibile espressione.

Quanti pianti si fece per quella durezza.

«Può essere anaffettivo in questo periodo» aveva detto il medico.

"Proprio in questo periodo...?" si domandava fra sé e sé.

Tuttavia, lui parole d'amore, tenerezza e paura le aveva, solo che non corrispondevano alla faccia… sembrava di marmo.

Le mancavano immensamente gli occhi vispi e i denti bianchi che spuntavano a consolarla col sorriso più dolce del mondo.

Bastava mettersi dietro una porta o anche solo girarsi di poco per piangere senza che lui si rendesse conto di nulla. Solo Ianko forse si accorgeva che il liquido amniotico se ne andava in lacrime e dava un calcetto come a dire: "Mamma, smettila che non respiro".

34
La nascita

Roma, 15 novembre 2018

Le quaranta settimane volsero al termine. Da una parte non aveva una bella cera, dall'altra gli eventi appena passati e quelli più lontani indussero i medici a farla ricoverare per dare una mano al piccolo che, avendo capito la situazione, non ne voleva sapere di uscire. Era meglio non rischiare.

Scelse il policlinico Gemelli, che l'aveva vista nascere e dove aveva lasciato la tiroide… almeno il luogo era familiare.

Finalmente anche lei era ricoverata. Finalmente anche lei poteva stare egoisticamente sdraiata tutto il giorno con qualcuno che la accudisse. Dolorante, pesante, depressa, ma comunque sdraiata. E quella posizione la pagava cara con i prelievi e tutto ciò che comporta l'induzione del parto.

Era il suo momento e fu il più triste di tutti.

A farle visita c'erano: Nanda, il dolce papà, il fratello, le amiche – ormai cresciute, sentimentalmente appagate e professionalmente realizzate – e la madre che, come sempre, era la più disinvolta. Alla fine il suo modo di fare, il suo humour (spesso incompreso), la sua presenza contraddittoriamente assente erano le cose che sentiva più affini e, quando le davano sui nervi, riuscivano persino a distrarla, quindi erano le benvenute. Santa mamma!

Mancava lui, però, mancava il padre del nascituro, quindi mancava lei stessa.

Tuttavia, dopo la seconda induzione, fu richiamata all'ordine e arrivò l'ora.

Si doveva sdoppiare, o meglio, doveva consegnare al mondo il loro angelo.

Alle tre e mezzo di notte il generale Clio Evans prese il comando.

Chiamò in rinforzo la madre, sottotenente con medaglia al valore e alla carriera, che la raggiunse lestamente. Non avrebbe mai immaginato che ci sarebbe stata lei in quel momento... in sala parto. Com'è strana la vita!

Si era sempre vergognata del suo sguardo critico. Rientrava in quella miriade di persone che vede la pagliuzza nell'occhio di chi sta di fronte senza vedere la trave che è nel proprio. Quel giorno in cui mise al mondo suo figlio, era solo una donna con più esperienza a darle sostegno e non si vergognò di nulla. Fu normalissimo. Naturalissimo. E fu tanto felice di averla accanto.

Aveva sentito che l'epidurale poteva rallentare le cose, aveva letto che durante il parto potevano accadere cose... be', tutto voleva tranne altri casini, così resistette il più a lungo possibile per evitarli e farlo uscire senza problemi.

«Ha una soglia del dolore molto alta?!» chiese un'ostetrica stupita dopo aver guardato in mezzo alle sue gambe e aver mosso le cinque dita della mano.

Clio era arrivata a cinque centimetri di dilatazione.

"Eh be', direi proprio di sì" pensò Clio senza dire nulla.

Poi, passati altri venti minuti, chiese sfinita all'anestesista Gianfranco: «Mi puoi dare un aiutino?». Gianfranco agì immediatamente per alleviare il dolore e poi se ne andò per lasciarla riposare, mentre la madre si era assentata per un attimo.

All'improvviso vide le stelline, si sentì trascinare verso il basso e il corpo divenne freddo, ma riuscì a spingere il pulsante rosso per chiamare l'infermiera.

«Che c'è?» chiese una sconosciuta.

«Sto per avere una crisi epilettica» rispose serafica.

Gianfranco corse e dopo diverse operazioni disse: «Ti è scesa la minima a quarantasei, ora ti riprendi, tranquilla. Non è niente di grave».

E così fu.

A un certo punto, intorno alle dieci del giorno in cui sarebbe partito il tour dei Negramaro, anziché sentire lo slogan mattutino del papà –*Breakfast time!* –, arrivarono una sfilza di comandi e la stanza si riempì di gente.

Sembrava un pit stop di Formula 1. Ognuno aveva la sua mansione.

Lei, intanto, si sentiva scissa in due: da un lato si sforzava di procreare correttamente, dall'altro ragionava su quando avvisare Lele affinché la raggiungesse al momento giusto, né troppo presto né troppo tardi. Non doveva avere forti emozioni e rischiare picchi pressori.

«Abbassati fino a qua, metti una gamba qui e l'altra qui, adesso devi spingere, Clio, va bene? Più giù, respira e spingi come se dovessi andare al bagno. Spingi più forte. Non buttare l'aria fuori. Chiudi la bocca. Forza. Chiudi la bocca. Brava. Continua. Spingi. La contrazione non la senti, te lo dico io. Adesso. Adessooo! Spingi. Tocca con la schiena giù. Ce l'hai quasi fatta. Dai, ancora. Spingi di più. Forza. Dai, ancora!»

Di nuovo non fece un gemito, non un urlo... solo concentrazione, determinazione, forza e finalmente sentì: «Quanti capelli neri!».

La prima volta fu grazie a sua madre, la seconda in seguito all'operazione. In quel momento nacque per la terza volta attraverso di lui: quando il figlio vide la luce... una benedizione! Aveva sul cordone ombelicale un nodo vero. Quello che in gergo nautico chiamano nodo semplice, singolo o collo. Cosa molto rara e anche molto pericolosa che, grazie a Dio, non ebbe ripercussioni, se non lo stupore del ginecologo e delle due ostetriche salentine. Forse quella gravidanza così particolare se l'era segnata il piccolo, d'altronde anche lui era uno scorpione!

Lo intravide sparire nelle mani dei medici e poi ricomparirle sul seno e guardandolo riconobbe la faccia della mamma in miniatura. Impressionante. Pareva avesse partorito lei. Forse inconsciamente era diventata la madre di sua madre. Chissà. Il passaggio era avvenuto. Accade questo con la maternità?

Guardò il bimbo e poi lei e di nuovo il bimbo e ancora lei e sembravano la stessa persona in epoche diverse.

Il 15 novembre nacque Ianko Giovanni Spedicato con un nodo vero, Clio portò a termine la gravidanza e il papà del bambino riuscì persino a tenerlo in braccio!

35
Il volo

Lecce, estate 2019

«L'invalidità del 100 per cento è finita perché sono trascorsi sei mesi, mentre il tagliando disabili della macchina scadrà a dicembre. Clio, ti scrivo nei prossimi giorni per vederci.» Stavano facendo la visita per l'invalidità di Lele e il signor Tancorra, un ragazzo di cinquant'anni pieno di energia, continuò: «Ho visto nelle tue "storie" che ti alleni sul tapis roulant».

«Ah sì, sì. Ci provo. Cioè, prima ero un sacco sportiva, correvo sempre. Poi da quando sono venuta in Salento un po' meno e nell'ultimo periodo ovviamente zero.»

«Io corro. Ormai da un po' di anni è la mia principale passione. Se volete un giorno possiamo farlo insieme…»

«Magari, sarebbe bellissimo…» disse accennando un sorriso.

«A te va di venire a correre?» chiese a Lele, che come al solito pareva assente.

"Che carino" pensò commossa.

Riorganizzò i pensieri per rispondere: «Be'… io prima di questo… diciamo… incidente… ecco… prima mi allenavo tutti i giorni perché mi stavo preparando al tour e per accogliere nostro figlio. Tutti i giorni facevo dieci chilometri sul tapis roulant. Adesso invece…».

«Ma cammini?» lo interruppe.

«Sì... cammino...»

«Quello è l'importante!» disse, non voleva farlo continuare. E Lele non ebbe il tempo di spiegare *come* camminava.

Clio guardò in basso con delle lacrime incastrate nelle ciglia.

«Ehi, Lele, ti va di venire a correre?» gli domandò di nuovo, pieno di positività.

«Sì, certo, mi piacerebbe» rispose, annuendo piano con la testa. «In clinica quando ero con le due Alessie, le premurose terapiste che mi hanno seguito nei primi mesi, e stavo rimparando a camminare, ho detto: "Quando torno in Salento voglio fare la maratona!".» E accennò uno spaventato sorriso, mentre lei pensò che Dio è grande: quella risposta era già una vittoria.

«Allora è fatta. Adesso ci organizziamo e cominciamo a lavorare. Piano piano faremo tutto, non vi preoccupate. Ora finiamo questa pratica» disse propositivo.

Finalmente sentì di aver vinto un'altra piccola lotteria. Aveva disperatamente bisogno di qualcuno che l'aiutasse ad aiutare Lele. E il signor Tancorra faceva al caso loro.

Erano tornati a casa da pochi mesi ormai e, come accennato nelle pagine precedenti, il mostro dell'ultimo livello si palesò enorme davanti a loro, o forse solo davanti a lei, appena si chiuse il cancello alle spalle.

Sì, perché a casa non c'era più la capiente ciambella di salvataggio fatta di medici, terapisti e infermieri e, per di più, erano in tre. Tre, il numero perfetto, sì. Come i lati di un triangolo che, però, anziché poggiare su una bella base, era in bilico su una punta.

Era arrivato il momento di affrontare la realtà e fu davvero tosta. Tostissima.

Ansia e angoscia dentro e intorno. Aumentarono i tic.

La parola "Relax" divenne la sigla di: "rabbia esterrefatta livore afflizione e... cosa cazzo sto vivendo?".

Lecce, splendida città che l'accolse a braccia aperte sin

da quando vi mise piede per lavoro, sembrava una cittadina sperduta del Wyoming, e la nuova casa divenne d'un tratto troppo grande, troppo grande. Vedere Lele percorrere il corridoio per andare al bagno era un film dell'orrore. Il contatore, la lavanderia e la manutenzione generale erano tutte cose di cui si era sempre occupato lui, perché lei poco dopo il trasloco era rimasta incinta e lui non le aveva mai fatto muovere un dito.

Adesso era spaventato, spaesato e disorientato e, mentre Clio cercava di rieducarlo a ciò che lei stessa imparava insieme a lui, c'era una piccola creatura che aveva bisogno costante della madre.

Ianko le pareva un Buddha immenso e incontentabile. Povero amore! Clio invece si sentiva ormai un limone secco spremuto fino alla fine.

Tuttavia, anche qui, piano piano... sempre un passo alla volta, con l'aiuto di Dio (quindi con la preghiera costante), da soli, insieme agli amici – che, quando potevano, c'erano – e grazie alle rispettive famiglie uscirono dal tunnel e Ianko tornò a pesare i suoi chili effettivi.

Nemmeno un anno dopo che era quasi morto, quella potenza del marito riuscì a correre per nove chilometri senza mostrare la minima resa. Erano un gruppo bellissimo con podisti più o meno esperti, abituati a distanze anche di duecento chilometri in un'unica gara. Roba seria. Erano capeggiati dal professor Francesco D'Elia, che usava un fischietto tremendo, e tutti indossavano la maglietta arancione #lelerun.

Sopra i pantaloncini da ciclista, Clio indossava una gonnellina nera perché la imbarazzava stare con i glutei in bella vista con tutta la ciccia del post-parto. Quando completarono il primo chilometro notarono sulla destra un grosso cartellone a terra con su scritto: "1° km – FORZA LELE", e da lì fino alla fine, ogni traguardo chilometrico, ricordava a Lele di essere forte e che era stato forte. Per due o tre volte il gruppo rallentò per consentirgli di recuperare, facendo dei cori a pieni polmoni sempre per incoraggiarlo e ricordargli che non era solo e che doveva tenere duro, perché la linea del traguardo era vicina.

I coniugi erano praticamente incollati e lei stava rigorosamente alla sua sinistra, perché la firma più tangibile di quell'incidente era una lieve emianopsia omonima bilaterale sinistra: tutto ciò che accadeva da quel lato poteva sfuggirgli. Intanto il signor Tancorra, amico-salvatore-coach-organizzatore, che ormai chiamavano Francesco, gli ronzava intorno. Aveva mantenuto la promessa e, allenamento dopo allenamento, l'aveva accompagnato fino a quel nastro.

«Yeaaahhh!!!»

«Bravo, amore mio, bravo! Ce l'abbiamo fatta! Ce l'hai fatta! Bravo! Bravo! Grazie a Dio! Grazie a Dio! Nove chilometri sani, sani! Ti amo! Ti amo, amore! Bravo!»

Era al suo fianco con il cuore in gola quando tagliò il primo traguardo della nuova vita e, mentre ridevano e piangevano, tutta Galatina l'accolse con un tripudio di luci, musica e colore. Lele aveva spiccato il volo.

Conclusioni

Ho iniziato a scrivere queste pagine prima di rimanere incinta di Ianko. Ricordo che Lele a volte si stupiva del fatto che usassi parole tanto forti, pur avendo una creatura nel pancino. Tuttavia, il punto era proprio quello: tirarle fuori per fare posto a lui. La mia trilogia (la testa, l'Ivg e la tiroidectomia) se ne doveva andare. Non riuscivo più a trattenermi ed ebbi la presunzione di pensare che forse questa storia sarebbe servita a qualcuno, per fargli compagnia, per aiutarlo a uscire da una brutta esperienza e infine per ricordargli che non siamo soli a questo mondo.

Ci somigliamo molto più di quello che possiamo immaginare.

E mentre mi cimentavo a liberarmi del passato, accadde l'inverosimile.

Quella mattina la bomba la teneva in mano lui, ma io ero accanto e la deflagrazione mi avvolse completamente. Come hanno ribadito più volte alla Fondazione Santa Lucia, io sono il paziente numero due. Perché chi sta accanto e si prende cura del malato condivide la sua stessa sorte e quindi ha bisogno anche lui di aiuto. Ciò nonostante, mi risulta difficile parlare liberamente di quello che ho passato durante i mesi riabilitativi all'ospedale Santa Lucia, due in ricovero e tre in day hospital. È come se mi vergognassi di esprimere il mio malessere davanti a quello che ha affrontato e superato Lele. Vorrei che avesse lui la precedenza.

Così ogni giorno sono venuta qui davanti al computer come fosse un fratello, uno psicologo, un amico, e ho provato a parlargli, ad aprirmi un po', a trovare uno sbocco per non morire.

Sono stata malissimo. Tanto, tanto male anche io.

Scrivere alleggerisce di qualche grammo il macigno che sento. Come dice l'antico proverbio: "Mal comune, mezzo gaudio". Le sofferenze sembrano più leggere quando sono condivise (e non quando colpiscono altre persone). Purtroppo le notizie di cronaca mi arrivano tutte e quando non lo fanno vado io a cercarle (credo sia una punizione che mi sono autoinflitta)... So bene che in ogni istante nel mondo accade qualcosa di terrificante alle persone, agli animali, alla Terra, e questo non mi fa mai essere pienamente felice.

Dunque dal piccolo della mia esperienza personale, con un atteggiamento di estrema umiltà, voglio elargire il mio affetto, sostegno, amore, supporto e comprensione totale a chiunque stia attraversando un momento di dolore, a chiunque abbia vissuto o stia vivendo una vicenda come la nostra, con esiti più o meno pesanti. O una vicenda diametralmente opposta che abbia però lo stesso sapore amaro e inaspettato.

Vi sono immensamente vicino.

Vi regalo un fiore a testa bassa.

Vi abbraccio forte.

E ogni giorno le mie preghiere sono anche per voi.

Io e Lele abbiamo passato le pene dell'inferno. Abbiamo litigato spesso (mai davanti a nostro figlio). Sono stata dura con lui. E più lo guardavo, più mettevo a fuoco i miei difetti. Non accettavo la somiglianza. Ero sempre stata io quella depressa. Ero io quella che aveva sofferto e quindi ero io a essere bisognosa di aiuto e comprensione. E ora che avevo anche partorito pretendevo la sua forza. Pretendevo il suo vigore. Volevo che tornasse l'uomo che avevo sposato e ogni giorno lo spronavo a lavorare, a fare qualcosa. Perché un po' la paura, un po' la stanchezza, un po' la depressione, un po' le conseguenze del passaggio a livello fra la vita e la morte facevano sì che nella sua apatia chiedesse di continuo: «Me lo fai… me lo dai… me lo passi… me lo prendi». E io davvero a malincuore, due volte su tre, rispondevo: «Fallo tu… prendilo tu… alzati tu… muoviti tu…».

Non era bello e non sapevo nemmeno se fosse la cosa giusta da fare, ma dicevano che il recupero più importante è quello che avviene nei primi mesi dopo l'incidente e quindi non mollavo quasi mai.

Dico *quasi* perché era molto più facile assecondarlo e fare quel che chiedeva, anziché ogni giorno ribadire gli stessi concetti, ogni giorno ricordargli gli stessi obiettivi, ogni giorno spronarlo agli stessi stimoli, perché tutte le mattine venivano lavati via insieme all'acqua della doccia. Sentire la mia voce rimbombare per la casa era diventato nauseante.

«La musica ti salverà. Ti ricordi che me lo dicevi sempre?» Nei nostri primissimi incontri aveva detto che la musica lo aveva salvato e allora continuavo a ricordarglielo col sorgere del sole. Insistevo egoisticamente per me… ma anche per il piccolo, per i suoi amici e per il suo lavoro. Ho dovuto lavorare tanto sulla pazienza, sulla tolleranza, sulla sopportazione e infine sulla resistenza (come lui del resto). A volte però ho temuto di non farcela. A volte ho pensato al peggio. Altre volte ho pensato che non avrei più smesso di piangere. Altre ancora ho creduto che non ci saremmo mai più alzati. Eppure oggi mi sento una donna migliore. Mi sono scoperta capace di cose che non immaginavo. E vedo anche in Lele nuove qualità. Abbiamo imparato a dare un valore ancora più intenso alle cose semplici, ad amarci in un modo più completo e ci siamo conosciuti nel profondo, come se fossimo entrati l'uno dentro l'altra così tanto da scambiarci i ruoli. Adesso la livella sta tornando ad avere la bolla al centro. Ha dovuto compiere due anni Ianko e due anni e due mesi Lele perché rivedessi lo sguardo di un tempo.

Abbiamo rimesso insieme quasi tutti i pezzi del puzzle…

È un processo lungo, come dicevano all'inizio di questo terremoto, quando io non capivo. Forse durerà una vita intera.
E il tempo alleggerirà la stanchezza che sentiamo.

Siamo qui con una nuova consapevolezza, con nuove cicatrici, sicuramente diversi ma pur sempre noi e pur sempre qui a raccontare quello che è stato, e già questa è una fortuna, a ricordare di non perdere mai la speranza e a urlare a gran voce di non mollare mai. Vi prego, ne vale sempre la pena.

Credo (e lo asserisco con estremo rispetto verso chi pensa il contrario per delle valide motivazioni) che bisogna provare con ogni sforzo a vedere, a *cercare* il bello della vita, il bello che la vita di tanto in tanto nasconde. Bisogna trovare quella motivazione dentro di noi che ci faccia venir voglia di resistere, di combattere e di andare avanti, costi quel che costi.

Alla fine un timido raggio di sole dalla finestra entrerà e ci scalderà tutti.

Ringraziamenti

Questa è forse la parte più importante perché il sentimento della gratitudine è come un flusso energetico che continua a mantenere dritta e salda l'anima di chi lo prova.
Voglio chiudere ringraziando.

Sono grata prima di tutto a Dio, che mi ha salvato la vita, che mi ha dato l'amore, che ci ha dato un figlio e una figlia, che mi ha fatto nascere nella famiglia più bella e folle di sempre e che ha salvato l'uomo della mia vita.
Sono grata a tutti coloro che nell'ambito della scienza hanno operato concretamente sulle nostre vite, salvandoci.
Ringrazio il mio neurologo Giancarlo Di Battista dell'ospedale San Filippo Neri di Roma che per tanti anni mi ha seguito e che, senza saperlo, è diventato per me un punto di riferimento.
Ringrazio le mie preziose quattro amiche che hanno addolcito e smussato tutte le peripezie cui sono andata incontro e senza le quali non ce l'avrei mai fatta.
E naturalmente ringrazio la mi' mamma, il mi' babbo, la mi' sorella, il mi' fratello e la mia Nanda per esserci stati sempre e per esistere.

Per quel che riguarda gli ultimi anni, invece, ringrazio Nadia per aver risposto al mio primo grido di richiamo.
Ringrazio il dottor Giuseppe Pulito, primario del reparto di Rianimazione dell'ospedale Vito Fazzi di Lecce, per aver-

mi fatto sperare e per esserci stato vicino. Per aver suggerito il centro riabilitativo di Roma e per avermi incoraggiato a seguire Lele senza temere per la gravidanza. «Ogni donna è diversa» mi ha detto.

Ringrazio il dottor Giovanni Cirrottola per averci restituito Lele in quel secondo intervento.

Ringrazio l'intero reparto che si è occupato di Lele durante quel mese e che ci ha supportato con grande umanità.

Ringrazio Giuliano, che ha attivato la catena di salvataggio, Pupillo, Andro, Danilo ed Ermanno con le rispettive consorti per il grande supporto, insieme allo staff Negramaro.

Ringrazio Nicola Pastore che ci ha seguito sin dall'inizio e grazie al quale sono anche riuscita a organizzare il parto a Roma. Un angelo.

Ringrazio Gianfranco Paiano, anestesista del policlinico Agostino Gemelli di Roma, per avermi accompagnato come un fratello in quei giorni tribolati.

Ringrazio il ginecologo Sasha Moresi, le ostetriche salentine Rosanna e Maria Antonietta e le infermiere di Neonatologia e Patologia ostetrica del Gemelli per avermi aiutato a mettere al mondo Ianko.

Ringrazio tutti i professionisti della Fondazione Santa Lucia di Roma che con determinazione e, all'occorrenza, sana ironia hanno aiutato Lele a rimettersi in piedi e a tornare come prima: Domenico De Angelis, Anna Savo, Paola Coiro, Vincenzo Venturiero, Stefano Paolucci, Umberto Bivona, Luisa Magnotti, Giovanni Morone, Alessia Chiariotti, Alessia Onofri, Paolo Di Capua, Daniela Silvestro, Fabio, Liliana, Cecilia, Lulù solo per citarne alcuni.

Ringrazio Giorgio Pivato, chirurgo della mano, per il supporto morale più che fisico, ma tremendamente importante per Lele.

Ringrazio Caterina Caselli per esserci stata, Filippo Sugar e tutto lo staff della Sugar.

Ringrazio Francesco Tancorra per la sua generosità infinita.

Ringrazio i miei suoceri Gino e Rosaria per aver generato mio marito e per il loro sostegno.

Ringrazio Ivan, Cuggiggio Marco per la grande energia, la Robby, il nostro vicino di casa Totò e tutte le persone (familiari, conoscenti, fan) che da lontano ci hanno dedicato una preghiera, un pensiero, una poesia o una canzone. Anime buone che ci hanno sostenuto con messaggi, video, parole, battute, immagini, qualunque cosa, insomma... siete stati davvero importanti per noi, grazie!

Mentre rendo grazie mi guardo da fuori. Sono ancora giovane... certo un po' invecchiata, ma ancora giovane. Ho un accenno di doppio mento. Seduta così sembro tozza e sono ricurva in avanti. Sembro anche severa. Sembro lievemente triste e arrabbiata, comunque irrisolta. I capelli sono crespi, chiusi in una coda. Sono vestita ma si vedono lo stesso i chili messi negli anni. Ho delle belle mani. La bocca serrata in una smorfia. Qualche riga sul viso. La mano mi regge la testa. Le sopracciglia aggrottate a sbrogliare problemi. Con attenzione si possono intuire i pensieri contorti misti a previsioni future.

Muovo le dita come sul pianoforte ma non emettono musica. Con un drone mi guardo dall'alto. Sembro quasi un quadrato. Anzi una palletta. Il tavolo è bellissimo. Forse quello che ho sempre sognato. Anche la sala è bella. Non l'avrei mai immaginata così spaziosa. E andando ancora più su, il quadrato nel quale mi trovo è dentro un giardino bellissimo che mai e poi mai avrei immaginato di abitare, e c'è una piscina fantastica a forma di C, la C di Clio.

Questa casa mi aspettava. Questa vita mi aspettava. Allargando l'inquadratura c'è tanto verde intorno a me. Ianko e Lele giocano a palla. Diana dorme nella culla. Nanda guarda la televisione, ormai ha ottantasei anni. Alzandoci ancora più su verso sinistra si vede un altro essere, non capisco se maschio o femmina, nella mia stessa posizione in una sala poco più piccola. Andando seicento metri più a destra, invece, un altro ancora sta allungato a terra, forse legge, forse scrive e intorno ha due piccoli bimbi che corrono. Sono circondata da figurine quadrate e tondeggianti in sale più o meno ampie, in giardini altrettanto grandi, alcuni con piscine, alcuni solo con macchine. Fuori da un cancello due personcine stanno litigando, si avvicinano e si allontanano a scatti. L'uomo ha buttato una cosa a terra. Gli alberi si vedono bene, anche le strade circostanti con i bidoni dell'immondizia. Una bambina è appena caduta vicino a una donna. Tre ragazzini vanno in bicicletta, mentre un anziano è chino in un campo. Probabilmente i puntini bianchi sono delle pecore. Ci sono gli ulivi. Volando ancora più su è quasi difficile ritrovarmi... ah, eccomi.

Sono un puntino ormai, piccolissimo. Minuscolo. E, pur sforzandomi, non si vede nient'altro. Sono sempre più piccola. Non mi si vede più. Il drone sale ancora e ogni cosa rimpicciolisce. Anche i problemi sono diventati più piccoli, anche le paure, piccolissime, minuscole... invisibili. Non ci sono più.

Siamo tutti minuscoli.
Tutti uguali.
Non ci siamo più.
Siamo foglie.
Siamo terra.
Siamo pianura.
Siamo mare.
Siamo un tacco.
Siamo lo stivale.
Siamo un continente.
Siamo il mondo.
Siamo VIVI.

*Grazie a Ianko e Diana per avermi scelta per venire a questo mondo.
Farò di tutto per esserne all'altezza.
Vi amo.
Mamma Clio!*

*Grazie a Ianko e Diana per avermi dato nuova vita.
Sarò al vostro servizio per l'eternità.
Papà Lele!*

Mondadori Libri S.p.A.

Questo volume è stato stampato
presso ELCOGRAF S.p.A.
Stabilimento - Cles (TN)

Stampato in Italia - Printed in Italy